Henri Queffélec (1910-1992) est né à Brest. Normalien, agrégé de lettres en 1934, il est notamment l'auteur d'*Un recteur de l'île de Sein*, de *Tempête sur la ville d'Ys* et de *La Mouette et la Croix*. Considéré comme le grand romancier maritime de langue française du xxe siècle, Henri Queffélec est l'auteur de plus de 80 livres, dont beaucoup ont été inspirés par sa Bretagne natale et par la mer.

UN RECTEUR
DE L'ÎLE DE SEIN

ÉGALEMENT CHEZ POCKET

UN RECTEUR DE L'ÎLE DE SEIN

ILS ÉTAIENT SIX MARINS DE GROIX… ET LA TEMPÊTE

LE PHARE

UN FEU S'ALLUME SUR LA MER

HENRI QUEFFÉLEC

UN RECTEUR DE L'ÎLE DE SEIN

Avant-propos d'Éric Auphan,
président de l'Association des amis
d'Henri Queffélec

ÉDITIONS DES RÉGIONALISMES

MIXTE
Papier issu de sources responsables
FSC® C003309

L'éditeur de cet ouvrage s'engage dans une démarche de certification FSC® qui contribue à la préservation des forêts pour les générations futures.

Pour en savoir plus :
www.editis.com/engagement-rse/

ISBN: 978-2-266-28671-8
Dépôt légal : avril 2018

Avant-propos

Qui veut comprendre les îles du Ponant aujourd'hui ne peut faire l'impasse sur leur histoire et leur géographie si particulières. À ce titre, les meilleurs témoignages littéraires sur la vie dans ces petits mondes insulaires sous l'Ancien Régime et la Révolution nous sont offerts par l'écrivain brestois Henri Queffélec (1910-1992). Ce grand connaisseur des « travailleurs de la mer » y situa en effet l'action de trois de ses romans les plus célèbres.

En 1944, il y a tout juste soixante-dix ans, la publication d'*Un recteur de l'île de Sein* balisa l'ouverture d'une ère nouvelle dans l'histoire de la littérature française : elle plantait un décor neuf dans le paysage littéraire, en rompant avec le pessimisme des années sombres et en préparant le renouveau de l'après-guerre[1*]. Influencé de longue date par le personnalisme d'Emmanuel Mounier, Henri Queffélec était alors acquis depuis peu aux théories unanimistes de

* Les notes de l'avant-propos se trouvent référencées en fin d'ouvrage p. 209.

Jules Romains[2]. Il avait rencontré Louis Farigoule qui avait été son illustre aîné à l'École normale supérieure et présidait le Pen Club International. Vélave de Saint-Julien-Chapteuil, l'auteur de la grande fresque républicaine des *Hommes de bonne volonté* fut certes peu inspiré par les péninsules celtiques et encore moins par les églises et la spiritualité chrétienne. Il connaissait la Bretagne pour avoir enseigné un temps aux lycées de Brest et de Pontivy. Ce ralliement de Queffélec à la philosophie unanimiste ne pouvait que l'opposer violemment aux théories défendues par Lucien Rebatet dans *Les Décombres* en 1942. Loin de prendre son parti d'une prétendue « décadence » de la société française, il reste persuadé qu'en dépit de certains reculs momentanés, de retours de flamme de la barbarie, toutes les sociétés sont en perpétuel progrès, le monde étant rempli d'« hommes de bonne volonté ».

À l'appui de cette thèse, il choisit l'exemple de l'île de Sein, qui l'a subjugué lors de son séjour de 1937. « *À la fin de décembre 1937, je m'étais rendu à l'île de Sein, que je connaissais de plusieurs rapides visites estivales, pour "voir". J'étais tout jeune. Je m'éveillais à l'amour des îles. Je voulais débarquer dans une île sans touristes ni soleil brûlant, qui ne serait sans doute pas tout ce qu'elle pouvait être au long d'une année climatique, mais une île comme réduite, comme restituée à son essence de petite île, petit monde clos par la mer et livré à une solitude. Un film japonais s'appelle* L'Île nue[3]. *C'est elle que je cherchais*[4]. » Il avouera plus tard : « *Ce voyage d'hiver marquerait toute ma vie d'écrivain*[5]. » Dans l'île, il sympathise avec le recteur Guillerm, qui eut en charge la paroisse dans des temps troublés, de 1937 à 1944. Ce dernier lui raconte l'histoire de François Guilcher, le sacristain devenu prêtre, dont il avait déjà appris l'existence deux ans plus tôt par un article d'Auguste Dupouy paru dans *La Dépêche de Brest*. Si la foi perdure en ce lieu déshérité, c'est que l'homme ne doit pas perdre confiance en son avenir. De même que Bernanos avait « tenu son saint » avec le pauvre curé de Lumbres, dans le Boulonnais, personnage central de *Sous le soleil de Satan*, Queffélec tenait son héros avec la figure de François ar Su, « prêtre par intérim » de la paroisse sénane.

Il convient de rappeler brièvement les faits historiques. On ne sait à vrai dire que fort peu de chose de François Guilcher dit Le Su, un Sénan né vers 1580 et mort en 1648.

Tout avait commencé lorsque Charles du Liscouët, évêque de Quimper-Corentin et de Cornouaille de 1582 à 1614[6], avait déplacé le recteur de Sein. Une mutation que l'intéressé sollicitait de longue date. La paroisse allait dès lors rester sans titulaire, ce qui peut paraître surprenant à une époque où la pléthore des effectifs du clergé générait un important prolétariat sacerdotal. Mais il est sans doute permis de penser que le dernier titulaire n'avait pas fait à ses confrères une description idyllique de l'île et de ses habitants. La nature humaine a horreur du vide. La traversée d'un Raz houleux, sur une mauvaise barcasse au milieu de marins rudes, avait de quoi effrayer les âmes délicates des jeunes « cloarec » de l'école épiscopale de Quimper, plus attirés par la douce tiédeur des presbytères de l'Arcoat. Le lieu ne passait pas pour très accueillant et le régime y était celui du carême à longueur d'année. Dans cette population assez misérable, il n'y avait pas de gros bénéfices à attendre des messes privées, et il fallait encore prévoir sur la congrue des aumônes pour les familles des péris en mer. Un tel emploi avait des accents de purgatoire où l'on expie quelque écart de conduite. Dans le clergé diocésain, les vocations d'apôtre des régions déshéritées ont de tout temps été assez rares puisqu'elles n'attirent guère que les saints[7].

Quoi qu'il en fût, les îliens supportèrent mal de se retrouver sans prêtre à tel point que d'aucuns d'entre eux, mouillant leurs barques dans l'anse du Vorlenn, sous la pointe du Van, s'en furent manifester leur mécontentement en brandissant des couteaux à vider les congres devant le recteur de Cléden-Cap-Sizun, blême de peur…

Le résultat de cette pressante démarche fut l'envoi dans l'île du missionnaire Michel Le Nobletz en 1613. Celui-ci constata qu'il était impossible de trouver un desservant pour cette paroisse. Il avait remarqué pour sa piété le sacristain, un insulaire d'une trentaine d'années, de constitution délicate, qui parlait le français, savait lire et se dévouait à l'église. On l'avait trouvé trop chétif pour tirer du poisson sur les chaloupes, mais il entretenait le sanctuaire avec soin, sonnait les cloches et quêtait pour les trépassés en répétant gravement : « *Dieu pardonne aux âmes…* » Fidèle aux principes de subsidiarité, Le Nobletz ne vit d'autre solution que de lui confier provisoirement la garde de l'église et le soin de diriger un culte limité à quelques prières collectives. Il lui laissa quelques recueils d'oraisons et de litanies comme en avaient les capitaines de navire. Il y avait aussi les livres de l'Église. Cette mission provisoire allait durer près de trente ans.

Quelle put être la vie paroissiale de l'île de Sein sous le ministère de François Guilcher ? Les documents manquent, mais tout laisse à penser qu'il maintint une vie religieuse rudimentaire mais honnête. Il rassemblait les îliens dans l'église pour une prière dominicale, chantait l'office du jour en latin et assurait de son mieux le ministère de la parole après avoir disposé sur l'autel le calice et le ciboire vides. Il baptisait et instruisait les enfants, célébrait mariages et obsèques. Tenait-il à jour les registres de catholicité ? C'est peu probable. Il est à peu près certain qu'il n'empiéta pas sur les prérogatives du clergé (eucharistie, confessions), un sacrilège que ces Messieurs de Quimper ne lui eûssent jamais pardonné. On ne sait si au cours de ces trois décennies l'île reçut la visite de prêtres forains venus du Cap ou d'Audierne procéder à la confession générale des paroissiens et leur administrer l'eucharistie. Il reste que les RR. PP. Maunoir et Bernard, débarquant dans l'île en 1641, y trouvèrent une communauté chrétienne solide, vivante et saine. Il eût sans doute été possible de trouver un prêtre dans le clergé diocésain dont la qualité s'était dans l'entretemps améliorée. Mais qu'allait-on faire de François, veuf et âgé de soixante ans ? Le congédier sans autre forme de procès eût été ressenti comme un blâme, comme une humiliation par les îliens et par l'intéressé lui-même.

Pour bien montrer qu'il n'y avait pas de rupture et que les activités de Guilcher avaient toujours eu l'aveu de l'Église de Quimper, Maunoir était résolu à lui faire conférer les ordres. Encore fallait-il convaincre les responsables du clergé à l'Évêché. Point ne fut tâche aisée de venir à bout des réticences de chanoines pédants, fiers de leurs tirades latines, qui regardaient avec une morgue de pharisiens ce pêcheur hirsute aux mèches grises et aux manières gauches et humbles. La barque de Pierre n'enrôlait plus de pêcheurs… Ils avaient beau jeu d'ironiser sur l'âge et le niveau de connaissances de l'impétrant, et plus encore d'objecter que le droit canon ne permet pas l'affectation d'un prêtre dans sa paroisse d'origine. Mais ces Messieurs bien nourris du Chapitre savaient aussi que les Sénans impatients pouvaient un beau jour remonter l'Odet dans leurs chaloupes avec leurs longs couteaux à poisson… Maunoir et François eurent la bonne fortune de rencontrer M. Pinsard, théologal du diocèse, qui prit l'affaire en main. C'est ainsi qu'après une formation théologique des plus accélérées, François Guilcher fut ordonné prêtre au début de 1642. Il avait 62 ans. Les Sénans virent ainsi leur sacristain rentrer dans l'île comme pasteur en titre. François allait exercer son ministère jusqu'à sa mort survenue en 1648. Le Barrès de *La Colline inspirée* eût sans doute trouvé des accents lyriques pour rendre hommage à ce « *vieux cœur sacerdotal, rose de Jéricho !* ».

La continuité presbytérale était désormais rétablie à Sein et elle allait subsister jusqu'en 1989, 347 ans plus tard !

Un tel itinéraire est-il unique pour l'époque ? Les séminaires avaient sans doute été institués par le décret du Concile de Trente de 1563, mais en France, il fallut attendre 1620 pour que Bérulle fonde Saint-Magloire. Adrien Bourdoise, Jean Eudes, Vincent de Paul en ouvrirent d'autres à Paris et en Normandie entre 1642 et 1667. La Bretagne en était donc dépourvue. On peut penser que les candidats au sacerdoce y étaient, comme par le passé, confiés dès l'enfance à un prêtre relativement instruit qui leur transmettait ses connaissances et les initiait à ses activités liturgiques avant de les envoyer dans une école abbatiale ou à l'école diocésaine où les chanoines parachevaient leur formation (ceux qui fréquentaient les universités de Rennes ou de Nantes n'étaient comme ailleurs qu'en nombre infime). Après quoi l'évêque leur faisait subir un examen d'aptitude. François, beaucoup plus âgé, n'avait pu acquérir le minimum de connaissances nécessaire pour cette épreuve…

Cet épisode historique a été popularisé par deux romans : *Amice du Guermeur* d'Hippolyte Violeau en 1853[8] et surtout *Un recteur de l'île de Sein*. Il a même trouvé une libre adaptation cinématographique dans *Dieu a besoin des hommes* de Jean Delannoy en 1950, Pierre Fresnay prêtant ses traits au pêcheur devenu curé (voir infra).

Mais laissons l'écrivain lui-même nous parler du processus de création littéraire et de la genèse de cet ouvrage. Ses confidences sont particulièrement éclairantes[9].

« Un recteur de l'île de Sein *fut écrit sous l'Occupation, tout en haut d'un immeuble parisien juché au-dessus de la Porte de Versailles, et il fut écrit d'abord sous la poussée d'une nostalgie. La Bretagne côtière, mon pays natal, avait été décrétée par les Allemands zone interdite et j'avais un irrésistible besoin de la recréer pour moi dans des livres, dussent-ils rester à l'état de manuscrits. De la faire revivre telle que je l'avais vue et telle qu'elle était mienne, avec ses goémons, ses plages et ses roches, le peuple jovial et si courageux de ses hommes de mer.*

En même temps que j'allais écrire Un recteur de l'île de Sein, *je poursuivais une première version, très longue, de* Tempête sur Douarnenez *qui répond, je crois, exactement à cette ambition. Pour le* Recteur de l'île de Sein, *une deuxième source de fièvre intervint. Il était paru à cette époque, avec la bénédiction de l'Occupant, différents pamphlets moroses, écrits par des collaborateurs et qui, au nom d'un « ordre nouveau » laissé dans le vague, piétinaient la France et le catholicisme. Le pape, qu'on tutoyait allégrement, était invité à comprendre qu'avant dix ans sa religion aurait culbuté… Je brûlais de répondre à ces hommes peu courageux, mais je n'étais pas pamphlétaire. L'inconscient me secourut en me faisant me souvenir d'une histoire de sacristain qui était devenu prêtre (ou le recteur) d'une petite île bretonne dans la première moitié du* XVIIe *siècle. Je l'avais lue des années avant la guerre, telle que la résumait, en quelques lignes, un article de journal breton : elle m'avait émerveillé. Elle disait à sa façon rocheuse et marine que le christianisme ne s'était pas implanté ni développé à coups de bâton et de tracasseries policières, qu'il répondait à un appel mystérieux de la conscience humaine en attente de lui. Que ses "vérités surnaturelles", au premier chef le dogme de l'Incarnation, avaient dans l'homme leur habitacle naturel.* »

Dans son roman, Henri Queffélec se lance dans un tableau vivant de l'île de Sein sous l'Ancien Régime. Les personnages ne possèdent en fait aucune réalité historique. L'aventure du vrai « recteur de l'île de Sein » dans la première moitié du XVIIe siècle ne sert que de point de départ à des ramifications purement romanesques. Et les allusions nombreuses aux « diables rouges » de la pointe du Raz situeraient historiquement le livre à une époque plus tardive, postérieure en tout cas à la révolte des Bonnets Rouges qui éclate en Bretagne centrale en 1675. Queffélec baptise son sacristain Thomas Gourvennec, et réutilise le patronyme du recteur qu'il a rencontré pour nommer le « rival » de Thomas, François Guillerm.

Le roman nous montre une communauté chrétienne sénane qui, depuis le départ de son recteur et la vacance de la cure, se trouve dans le plus grand désarroi et se sent délaissée par l'Église de Quimper, voire par le continent tout entier[10]. Dans ce contexte d'abandon, le sacristain, un homme pieux, respecté pour sa vie digne, peut-être relativement instruit (il sait lire...), est amené presque malgré lui, sous la pression des îliens ses semblables, à prendre en main les destinées de la paroisse. Pour les Sénans, l'affaire se résume au problème assez trivial du commandement d'une barque de pêche dont le patron serait tombé à la mer. Élu « a populo », mais non investi canoniquement, Thomas va donc suppléer le pasteur absent en accomplissant les actes les plus ordinaires du culte. Il baptise les nouveau-nés, célèbre mariages et funérailles. Emporté par la logique du personnage dont il joue le rôle, sans doute gratifié de ce que le chrétien Queffélec eût appelé des « grâces d'état », il s'acquitte avec humilité de sa lourde tâche. Une tâche qui l'effraie en même temps qu'elle l'exalte. Mais le service de Dieu lui commande de se dévouer à ses frères, insensiblement devenus ses paroissiens. Après le « suicide » de la mère Le Berre (en fait poussée à la mer par son fils René), Thomas sent que la foi îlienne vacille et pense qu'il faut *« provoquer la grâce de Dieu*[11] *»* : il franchit donc l'étape ultime en célébrant l'eucharistie[12] et en entendant ses coreligionnaires en confession[13]. Pour les Sénans, plus rien ne distingue dès lors Thomas d'un recteur véritable[14], si ce n'est le fait qu'ils l'ont choisi eux-mêmes ! L'ancien sacristain réussit ainsi à maintenir vivantes la parole de Dieu et la vie spirituelle dans l'île. Persuadé finalement qu'il se trouve investi d'une mission divine, il résiste aux tentations de l'orgueil et des femmes et pratique le pardon des offenses. C'est ainsi qu'il célèbre les obsèques de son adversaire déclaré François Guillerm qui s'est donné la mort et que le recteur de Lescoff eût voulu faire inhumer dans le cimetière des pestiférés[15].

François représente l'antithèse parfaite de Thomas. C'est un gaillard vigoureux, sans doute un peu moins pauvre que les autres îliens, quelque peu enrichi par ses pillages d'épaves (les principes moraux ne l'étouffent pas), redouté de beaucoup d'hommes pour sa force, peut-être admiré des filles : il fait figure de « coq de village » et représente un contre-pouvoir, celui de la puissance et de la gloire (ou plutôt des glorioles périssables de ce monde qui passe) par rapport au frêle gardien de l'église, dépositaire des valeurs de l'esprit. Le roman nous fait assister à la confrontation d'une autorité spirituelle fondée sur la compréhension et l'amour du prochain et d'un pouvoir physique basé sur la force et la crainte. Pourtant, François et Thomas éprouvent l'un pour l'autre une sorte d'admiration, chacun enviant chez l'autre les qualités qui lui manquent. François reconnaît la sagesse de Thomas[16], et Thomas rend hommage au courage de François[17].

Mais pendant que l'île vit en « autarcie spirituelle », des rumeurs courent sur le continent : les gens de la terre ferme, prompts à stigmatiser le paganisme insulaire, ne l'entendent pas de cette oreille[18]. Après bien des péripéties, tout prend fin avec l'ordination sacerdotale de Thomas, désormais titulaire en droit de la paroisse qu'il dirige en fait depuis longtemps. À la lecture de l'ouvrage, il ressort de façon claire que les quelques erreurs de détail[19] ne pèsent pas lourd devant la charpente solide de l'intrigue et la description soignée des lieux et des hommes. Henri Queffélec est familier des tempêtes de l'Atlantique, de *Tempête sur Douarnenez*[20] à *Ils étaient six marins de Groix... et la tempête*[21], sans oublier *Tempête sur la ville d'Ys*[22]. Analyste précis des éléments naturels, il est aussi un extraordinaire sondeur des âmes. Dans *Un recteur de l'île de Sein*, il nous propose une véritable « tempête sous un crâne[23] ». Mais alors que l'archidiacre Claude Frollo se laissait séduire par le Mal, le sacristain Thomas Gourvennec marche vers le Bien : là réside toute la différence entre le personnage hugolien et le héros queffélécien. Nous pouvons enfin rappeler les liens spirituels qui unissent *Un recteur de l'île de Sein* et *La Mouette et la Croix*[24].

Pour tous ceux qui ont vu le film *Dieu a besoin des hommes*, que Jean Delannoy[25] tourne en 1950[26], il est difficile de dissocier Thomas Gourvennec de Pierre Fresnay, tant l'interprétation de ce dernier sonne juste. Le metteur en scène et ses dialoguistes ont créé un personnage féminin, interprété par Madeleine Robinson[27], pour répondre aux goûts du public et contrebalancer le charisme de l'acteur principal. Daniel Gélin joue un rôle complexe, rassemblant sur sa personne deux figures importantes du roman[28]. Les trois comédiens, entourés de seconds rôles de qualité[29], se coulent parfaitement dans leur personnage. Mais comme *Monsieur Vincent*, tourné trois ans plus tôt par Maurice Cloche, le film semble taillé sur mesure pour Pierre Fresnay, véritablement inspiré et convaincant (l'aumônier charitable était une figure historique bien connue dont il fallait respecter l'œuvre et la personnalité, tandis qu'il était plus facile d'adapter la vie du sacristain de l'île de Sein)[30].

Les premiers extérieurs sont tournés à Sein du 1er au 15 septembre 1949. Très vite se pose le problème du phare de l'île, mis en service en 1837. Pour pallier cet inconvénient, les auteurs décident de situer l'action non pas au XVIIe ou au XVIIIe siècle, mais en 1850. En réglant cette question par une transposition temporelle, ils n'aplanissaient pas pour autant toutes les difficultés. D'une part, l'anachronisme des coiffes noires et de la nouvelle église persistait, comme cela a déjà été souligné pour le livre. D'autre part, la sauvagerie insulaire qui traversait le roman « passe mal » au XIXe siècle, époque où l'île inspire plus de pitié que de terreur et où se profile déjà à l'horizon l'épopée de la construction du phare d'Ar-Men (elle débutera en 1865). Cela explique en partie les réactions hostiles que le film déclencha dans l'île (il ne faut pas pour autant oublier que le livre lui-même n'avait pas reçu un accueil triomphal, loin s'en faut[31] !).

Si le film prend quelques libertés avec l'histoire, il en prend aussi avec le roman, dont toute la fin (la célébration de la messe et les confessions accordées par Thomas, les querelles autour de l'enterrement de François, l'ordination officielle du sacristain comme « recteur de l'île de Sein ») est escamotée. Thomas se contente de confesser sa belle-sœur qui va accoucher dans une barque. Alors qu'il se prépare à célébrer la messe de Pâques arrive de Brest un petit vapeur qui amène un prêtre diocésain et des gendarmes. Après une entrevue pénible entre le sacristain et le nouveau desservant, hautain et maladroit, les Sénans restent groupés autour de Thomas et, à l'exception d'une femme, boudent le ministre imposé du dehors. Plutôt que de chercher à pénétrer dans l'église et dans le cimetière gardés par la force publique, ils vont avec le pasteur élu immerger la dépouille du suicidé dans le Raz.

« *Voilà un film tendre, plein d'humour et de charme... qui cache derrière cette séduction quelques idées bien conservatrices ! Les îliens se sont méfiés de l'image que donnerait d'eux ce film et ont refusé d'y être figurants. Le tournage s'est fait en partie dans des décors reconstitués à Saint-Germain-en-Laye... Perdue au bout du monde, cette île de Sein me fait penser à la légende bretonne affirmant qu'il y a cent auberges entre la terre et le ciel et que la cinquantième, nommée "mi-chemin", est le lieu où séjournent à jamais les récusés. L'île est présentée un peu comme cette auberge, un monde clos à mi-chemin entre ciel et terre où les pêcheurs sont tellement pauvres qu'ils prient le ciel de leur envoyer des naufragés venant du continent. Les Sénans expriment ces opinions "pas très catholiques" avec une intensité et une franchise enfantines, et les femmes ne sont pas en reste de caractère sur les hommes ! Cette situation d'entre-deux-mondes facilite une solidarité sans artifice à l'intérieur du groupe, mais redouble les difficultés de communication entre les insulaires, Dieu, et ses représentants sur le continent. Le seul adulte de cette histoire, c'est Thomas, médiateur et porte-parole obligé de l'île auprès de Dieu comme auprès des autorités (religieuses) du continent. Il n'a pas la formation nécessaire pour se faire reconnaître, et donc l'institution lui dénie toute autorité. Il répondra à cet ostracisme en imaginant le superbe "enterrement maritime" qui clôt le film et démontre que les îliens ont leur propre sanctuaire, la mer... une zone de liberté entre la terre et le ciel*[32]. »

« *De cette "qualité française" honnie par les Jeunes Turcs de la Nouvelle Vague,* Dieu a besoin des hommes... *est un bon exemple. Impeccable jusqu'au moindre bouton de vareuse, scrupuleusement reconstitué dans ses détails dans un studio parisien, le film de Delannoy manque de l'essentiel : un vrai rapport aux paysages, tournés pourtant autour de Sein, une attention aux personnages qui les fasse exister pour eux-mêmes plutôt que comme des rôles trop prévisiblement distribués. Triomphalement salué par la critique et accueilli par le public, le film, plus que tout autre, contribue à entretenir l'idée reçue d'une Bretagne immobilisée dans son propre passé*[33]. »

Toutes les critiques qui précèdent ne doivent pourtant pas occulter la place de premier ordre qu'occupe *Dieu a besoin des hommes* dans la filmographie sur les îles de l'Armor. Avec *Les Naufrageurs* de Charles Brabant[34], *L'Île aux trente cercueils* incluse pour la télévision dans la saga des Arsène Lupin[35] et *Le Gardien du feu* adapté pour la télévision[36], ce film constitue un cas remarquable d'adaptation cinématographique parlante d'une fiction littéraire située dans une île du Ponant. Il mérite donc d'être salué et décortiqué : nous nous sommes attelé à cette tâche et nous avons proposé par deux fois une étude qui tente de lancer une passerelle entre littérature et cinéma : d'abord en 1994 (pour le 50e anniversaire du roman)[37], puis en 2010 (pour le centenaire de la naissance d'Henri Queffélec)[38]. Nous regrettons simplement que d'autres livres n'aient pas séduit des scénaristes en quête d'originalité. Jean Delannoy a pourtant démontré que l'on pouvait réaliser un film « grand public » à partir d'un sujet profond, situé dans un cadre géographique précis et méconnu.

Aujourd'hui, une plaque commémorative sur le café « Chez Bruno », quai des Français-Libres, rappelle qu'ici vécut François Guilcher. Et la place de l'église se nomme désormais la place François-Le-Su. La liste exhaustive des 124 volontaires sénans de 1940 peut être consultée à « L'Abri du marin », ouvert en saison sur le quai des Paimpolais. Le nom de Jean-Marie Guillerm, qui n'a pas quitté l'île, n'apparaît pas. Mais le recteur, décédé il y a quarante ans, a profondément marqué ses ouailles et leur descendance : le nom de Guillerm ne s'est pas effacé de la mémoire collective[39]. On peut imaginer qu'un jour une rue porte son nom, privilège qui a été accordé pour l'instant uniquement à Alexis Le Borgne, recteur de 1898 à 1910 et bâtisseur de l'église actuelle[40].

À la Libération, l'île a reçu à titre collectif la Croix de la Libération, la Croix de Guerre 1939 et la Médaille de la Résistance, avec la citation suivante : *« L'île de Sein, devant l'invasion ennemie, s'est refusée à abandonner le champ de bataille qui était le sien : la mer. A envoyé tous ses enfants au combat sous le pavillon de la France Libre, devenant ainsi l'exemple et le symbole de la Bretagne entière. »* Sur la route du phare a été inauguré en 1960 par le général De Gaulle le monument aux Sénans libres. Devant une croix de Lorraine, déjà attaquée par les embruns, un marin se dresse fièrement, surmontant une devise en breton : « *Kentoc'h mervel* » (« *Plutôt mourir* »). Sur le socle, l'inscription ressemble à un hymne à la ténacité sénane dans son combat séculaire contre l'océan : *« Le soldat qui ne se reconnaît pas vaincu a toujours raison. »*

Un recteur de l'île de Sein s'inscrit parmi les grands romans insulaires français du XXe siècle. Il n'était plus disponible en édition de qualité depuis trente ans. Nul doute que sa lecture vous transportera dans le temps et dans l'espace, jusque dans cette petite île de Sein, si grande dans sa volonté de ne jamais abdiquer, ni en 1613, ni en 1940, ni aujourd'hui[41].

« Stat virtute Dei et sudore plebis. »
(*Devise inscrite sur l'église de Sein.*)
(Elle est debout par la grâce de Dieu
et par la sueur du peuple.)

PREMIÈRE PARTIE

I

Il doute du témoignage de ses yeux qui virent le printemps sur l'île et il voudrait croire qu'il a vu des mirages. Il n'est pas possible que des aubes glorieuses, se déployant dans le fond du ciel, aient éclairé ce morceau de récif…

Sur le continent, des maisons humaines, des fermes qui se disent pauvres, mais où la lande étincelle dans les cheminées plus belle qu'à la floraison de Pâques ; les animaux, derrière la cloison, qui réchauffent les maîtres ; le fumier gras, dehors, qui suinte comme du beurre ; les petites fenêtres qui emprisonnent dans l'air le froid, la pluie et le vent, et les obligent, pour réclamer pitance, à ne passer qu'un bras maigre qui tâtonne ; villages terrés contre le sol, paysans et pommiers, monotonie heureuse et rabougrie du temps.

Dix années. Mais rien ne doit plus, aujourd'hui, le retenir dans l'île… Certitude illusoire. La mer, le dépaysement, la solitude morale ont détruit son courage et, si l'on résistait à son entreprise, en poursuivrait-il le dessein ? Qui sait si son refuge, loin d'être la prière, ne serait pas la folie. Auprès des lavoirs, tandis que les femmes battent et rincent, les innocents jouent dès le matin. Ils s'assoient sur des mottes de terre un peu hautes et, levant la tête, la tournent de droite à gauche et de gauche à droite comme s'ils voulaient la dévisser. Ils rient des vaches qui courent. Quel repos ! Quel éloignement des bouffées et des clameurs atlantiques ! Comme il est loin le pillage des heures, du bien-être et de la chaleur par les bandes armées du vent !…

Dix années.

À la fin de la troisième année, c'est Anne Le Berre qui sort lever des lignes à cent mètres du port, derrière un rocher tranquille. La mémoire prétend que des alouettes, dans cet après-midi de juin, chantaient parmi les haubans du ciel. Une brume tombe, mouillée comme une grève après la marée, une brume qui sent le sable et le sel. Hypocrite, elle enveloppe tout. Les formes des maisons s'affaiblissent, s'exténuent. La brume se dissipe… Homme et barque ont disparu. N'est-ce pas plus terrible encore, à la fin de l'antan, la mort de Louis Yvinec ? La disparition d'Anne se conforme à une sagesse de l'horreur : personne n'a rien vu ni rien entendu et personne ne sait rien. Mais personne n'a vu Yvinec sauter en pleine nuit dans sa barque ni s'éloigner à la voile… et tout le monde raconte qu'il a trouvé une épave, un baril, de malaga ou de rhum, et croisé pour attendre la nuit : il grimperait alors chez lui en cachette, enterrerait le baril. La tempête croisait aussi. On entendait gronder la bise comme un chien qu'un autre chien irrite. La tempête éclata… Personne, ce jour-là, n'a rencontré Yvinec et, si l'on demande aux pêcheurs d'où ils connaissent l'histoire de l'épave, ils crachent et se dérobent derrière des mots. Le prêtre ne les soupçonne pas de mensonge. Ils détiennent une science effrayante et lui, pauvre terrien, il ne lutte pas contre eux.

Autre chose était de lire *Le Petit Carême* de Monsieur de Meaux, au séminaire, dans la lumière d'une chandelle qui vacille sous le souffle, autre chose est de le lire dans l'île, par une journée de bourrasques et d'averses.

Coeli enarrant gloriam Dei... mais est-ce le ciel encore cette déroute ? ce massacre ? cette révolte ? Raconte-t-elle la gloire de Dieu, à la tombée de la nuit, lorsque sa fureur s'exaspère ?... Les îliens, pendant les nuits de tempête, se figurent que les âmes des noyés pleurent dans le raz, qu'elles voltigent au-dessus de la mer, qu'elles montent sur le rivage et heurtent aux fenêtres. *Superstitio magna.* Mais le prêtre avoue qu'il a parfois donné dans cette erreur.

De trente années, jusque-là, il n'y avait pas eu de noyé, mais, tandis qu'il administrait l'île, deux hommes auront péri en mer.

Où l'on s'aperçoit que l'on ne fréquente pas ici les gens de boue ni de poussière, les âmes de commerçants, d'artisans, ni de soldats, c'est quand on cherche à détourner les pêcheurs de provoquer et d'exploiter les naufrages. Le prêtre possède la confession, le paroissien possède sa ruse : « Promets-moi que tu n'allumeras plus de feux.

— Je promets. » Et c'est une femme, que le recteur imaginait trop sainte pour lui arracher une promesse, qu'on charge dorénavant d'allumer les feux. Le curé veut recueillir les promesses de tous. Un homme ou une femme refuse de promettre et déserte l'église, jouant le rôle du bouc émissaire.

C'est lui qui allume les feux et les autres achèvent sa besogne sans le considérer comme coupable. Le curé veut-il le morigéner que l'autre, le voyant venir, sort de sa maison et lui lance des injures. Dans toute l'île, au même instant, des prières commencent. On demande à Dieu de ménager celui qui se sacrifie et de partager entre tous le châtiment de la faute.

Si le curé s'associait avec ses ouailles pour le pillage des navires, il serait le chef de l'île.

Quelle erreur d'accepter cette paroisse !

Bien qu'il eût commis péché mortel et que son évêque eût dessein de l'en punir, on ne l'obligeait pas à recueillir un troupeau qui n'avait jamais réussi aux flibustiers ni aux pasteurs de la foi et dont nul prêtre ne voulait depuis quinze ans. « Je serai celui-là », se disait-il en écoutant les remontrances et les conseils de l'évêque. Après le péché d'impureté, le péché d'orgueil. Il se sentait d'une force magnifique et ne s'apercevait seulement pas que cette confiance venait du diable. Il écoutait, les yeux baissés, son supérieur lui décrire son futur domaine spirituel et il regardait sur le plancher lui apparaître sa nouvelle paroisse aussi clairement qu'une place publique du haut d'une tour d'église. Il dominerait, il corrigerait, il assagirait. En breton, en français, en latin, il forcerait le chemin des âmes. De cette île qu'il posséderait entre les mains comme le clavier gras d'un vieil harmonium il ferait la cité apostolique. *Nisi Deus condiderit civitatem, frustra vigilant qui custodiunt eam.* Mais Dieu avait fondé cette terre et il récompensait la vigilance de ses gardes…

Maintenant l'évêque, un tantinet « philosophe », se donnait le plaisir de sourire en parlant des « Causeurs », les deux inestimables menhirs sur lesquels il aimerait recevoir un jour quelques lumières, et il continuait par Velléda et les païens « nos parents, monsieur, nos ancêtres », qui avaient rendu l'île célèbre et dont il fallait surpasser l'éclat. Le prêtre songeait à la piété de ses ouailles qui fumerait dans la brume et dans le soleil. Qui s'élèverait, libre, lointaine et pure. *Ut in conspectu divinæ majestatis tuæ cum odore suavitatis ascendat.* Des pauvres consciences humaines humblement présentées à Dieu nouées en une paroisse, il ferait un buisson spirituel et une colonne mystique de fumée blanche. Une île catholique. Un récif chrétien… Sans atteindre à la gloire du Mont-Saint-Michel qui dominait l'étendue des grèves et, comme une victime offre son cou à l'égorgeur, tendait aux hommes d'armes et de prières la proie superbe de sa cime pour y dresser des merveilles, l'île aurait la foi d'un monastère. Elle ne regretterait pas la solitude et se recueillerait dans l'ermitage des tempêtes, dans la clôture de la mer sur ses rivages…

Il ne pouvait pas dire que les îliens manquaient de foi. Cédait-il jamais à une crise de désespoir et s'abandonnait-il à douter de Dieu et à se rappeler sa faute, son péché mortel, avec une joie voluptueuse, la pensée de ces gens pauvres et pieux qui l'entouraient et composaient son troupeau avait suffi pour le garder du mal. Quand ses pauvres ouailles, déjà, s'efforçaient d'écouter Dieu, de quoi ne devait-il pas être capable ?

Mais que l'île fût chrétienne en intention et en acte, tout à coup cela ne lui importait plus autant…

Il allait partir…

DEUXIÈME PARTIE

I

À l'insu du prêtre, le sacristain épiait sa mélancolie. Il aimait l'homme courageux qui avait franchi le Raz pour transformer l'île en un lieu de rafraîchissement, de lumière et de paix. Dieu était dans l'île avant que n'y débarquât le prêtre, mais comme le feu dans les rameaux avant que le sauvage ne les frotte. On voyait Dieu, mais les yeux fermés, comme les poissons des profondeurs voient la mer qui les baigne ; maintenant la présence de Dieu luisait dans le jour. Les bonnes et les mauvaises pêches, les douleurs et les fatigues, les averses et les arcs-en-ciel, tout parlait de Dieu – et les ricochets sur l'eau des pierres plates, et la ténacité des coquillages dans les pierres du quai et, d'abord, le silence de la petite église. Entre sa huitième et sa dixième année, puis entre sa seizième et sa dix-huitième, Thomas Gourvennec avait connu un curé de Sein, mais c'étaient des prêtres pitoyables, que la moindre promenade en barque rendait malades et dont les dents claquaient de froid, en janvier, tandis qu'ils se morfondaient au coin de leur feu – le feu le mieux entretenu de l'île. Sous divers prétextes, et, parfois, sans prétexte, ils demandaient une barque pour les conduire au continent et, quitte à être malades pendant la traversée, ils gagnaient la grande terre, d'où ils ne revenaient qu'au bout de plusieurs jours.

Quand Thomas avait vu pour la première fois ce prêtre de haute taille, aux belles mains épaisses, aux profonds yeux noirs, il s'était échappé de l'église pour avertir ses parents que l'île tenait un prêtre différent des autres et qui ne s'en irait pas :

— Celui-là sera enterré dans le cimetière…

Les hommes restaient sceptiques. Le père Gourvennec rappelait que, de mémoire d'îlien, un seul prêtre avait été enterré ici, donnant un triste exemple : il avait attrapé les fièvres pour mourir après deux mois de séjour. La mère se signa. Elle dit que les hommes n'étaient que des ingrats, qui chipotaient sur l'arrivée d'un prêtre comme sur la capture d'une épave, quand ils auraient dû s'occuper de remercier l'évêque. Quel saint homme, cet évêque ! « Mais il n'est jamais venu ! Il a peur de la mer », grogna le frère aîné de Thomas, et le père l'interrompit d'une gifle. Le jeune homme sortit pleurer dans la cour, tandis que l'oncle Corentin prenait sa défense. N'est-il pas vrai que l'évêque aurait dû les visiter ? de bons chrétiens comme eux ? L'évêque en rencontrait tous les jours, certainement, qui ne les valaient pas et il acceptait le logis et la nourriture de grands seigneurs dissipés, dans leurs gentilhommières où l'on ne manquait de rien. Le père ne protestait pas contre l'observation : il avait giflé Louis-Marie parce qu'un fils ne doit pas élever la voix.

Thomas s'approchait du lit clos de son grand-père, le paralytique, aux trois quarts sourd, et qui s'était gardé d'arrêter sa besogne, la confection d'un panier d'osier, pour une scène à quoi il ne comprenait rien. Il colla sa bouche contre l'oreille du vieillard et, tandis que ce dernier, la tête à peine plus haute que les épaules, continuait son tressage, il lui annonça que l'île, aujourd'hui, avait un curé.

— Il fera comme les autres ! il s'en ira !

Le jeune homme se sentait les pieds nus tout tremblants. Il avait honte de sa famille. Les mauvais chrétiens que ces gens-là ! Mais l'exemple de son frère l'empêchait de crier son mécontentement et il ne laissait pas non plus d'éprouver une jouissance à se croire ici le seul pur. Il était le seul que la venue d'un prêtre remplissait d'une joie sans mélange. Inutile de discuter, mais, plus tard, quel triomphe ! Le jour où, après de longues années dans l'île, on enterrerait le prêtre, quel orgueil de se dire qu'on avait attendu ce jour…

Une heure ensuite, lorsque Guillaume Gourvennec, le père de Thomas, prenait la tête des îliens et remerciait le prêtre du bonheur qu'il leur apportait à tous, Thomas, qui pleurait à chaudes larmes, avait oublié qu'il appartenait à une mauvaise famille. Les pêcheurs entouraient le prêtre et le suppliaient de remercier en leur nom l'évêque de Quimper. Le recteur ferait la lettre. La barque d'Audierne n'avait pas quitté le port ; on lui confierait la missive. N'était-il pas séant de rendre grâces à Monseigneur de Quimper ? Des vieillards monologuaient et se récitaient à eux-mêmes ce qu'ils auraient mis s'ils avaient su écrire comme il le fallait. Qu'ils étaient des enfants soumis et respectueux. Qu'au terme d'une longue vie ils étaient heureux de voir un prêtre dans l'île. Qu'ils feraient leur possible pour qu'il fût fier de sa paroisse. Que les communions seraient fréquentes. Le prêtre souriait toujours. Il goûtait le comique de la situation et, quand il s'imaginait tomber chez des barbares, il tombait chez de vrais chrétiens dont les propos puérils lui rappelaient des récits de Christophe Colomb. Ainsi donc, lui, pécheur public, coupable d'une très lourde faute contre la pureté, et d'une faute aggravée par le scandale, il allait écrire à son évêque : « Monseigneur, ces gens vous rendent grâces parce que vous m'avez envoyé pour être leur curé… » On l'expédiait ici en punition de ses fautes, comme dans une forteresse, afin qu'il expiât – et il écrirait dès le premier jour : « Puis-je, Monseigneur, vous raconter l'allégresse de ces gens à la vue du costume que je porte ? *Ultimi, non pessimi.* C'est ici votre paroisse la plus lointaine mais, certes, ce n'est pas la moins pieuse de vos paroisses. Que de pleurs de reconnaissance ai-je vus couler pour ce qu'ils appellent l'auguste bonté de Monseigneur ! J'ai entendu des femmes, et même des hommes, me dire que, depuis quinze ans, c'est leur premier jour de bonheur… »

Maintenant, depuis plus d'un an, le sacristain rendait justice à son grand-père : sans un accident, le prêtre ne mourrait pas dans l'île. Il ne fut pas pris au dépourvu lorsque le curé, qui l'estimait son paroissien le plus fidèle, le mit au courant de sa résolution. Jeune homme, il méprisait ces curés vagabonds et incapables de se fixer où le leur ordonnait le doigt de Dieu ; il pensa aujourd'hui que c'était sagesse de la part de son maître de regagner la terre tranquille.

— Monsieur le Curé fait bien.

Et il se hâta de présenter une supplique : M. le Curé, avant de partir, recommanderait à la paroisse de veiller sur la lampe du sanctuaire, qui ne devrait jamais s'éteindre.

— Si monsieur le Curé ne dit pas cela, ils se conduiront mal. Ils ne sont pas mauvais, mais ils ont besoin, un peu, comme des enfants, qu'on leur fasse peur.

Ce sacristain matois étonnait le prêtre. « J'aurai vécu dix ans, pensait-il, à côté de lui et je m'aperçois que je ne l'ai jamais connu… » Il répondit que c'était impossible. Puisque le saint sacrement ne restait pas exposé, cela n'avait pas de sens de garder la lumière allumée. Thomas revint à la charge, le curé maintint son refus. Le sacristain leva enfin les yeux sur le prêtre :

— Monsieur le Curé ne connaît pas les gens.

— C'est vrai, mon ami, je ne les connais pas.

Thomas Gourvennec repassait dans son esprit ces événements et ces paroles, et comment la tristesse ou la joie du prêtre se reflétaient dans sa façon de dire la messe, de s'essuyer les mains dans le linge, de se tenir debout, de regarder la mer ; était-ce à tort ou à raison, il lui semblait qu'il avait appris le métier de prêtre et qu'il saurait l'exercer.

II

Aucun signe ne distinguait Thomas ni ne le marquait pour les besognes mystiques. Brun, de petite taille et la voix monotone, il avait seulement une poitrine mince et, parfois, un regard craintif, mais il vivait en mer autant que les autres.

Il souffrit d'abord les tentations de l'apprenti sorcier. Les gestes de son maître hantaient sa mémoire, et, quand il ne résistait pas de toutes ses forces, il s'abandonnait à les imiter : élever les bras en commençant un orémus, faire coïncider le second temps de l'agenouillement avec un brutal *Ave Maria gratia plena*..., se retourner et dire à voix haute *Dominus vobiscum.* Il ne s'agissait pas là d'une science difficile ni d'un monde étrange, où l'on pût se croire en péril.

Il lui arriva, au crépuscule, d'entrer dans l'église et de s'y enfermer à clef pour s'accorder une séance solitaire d'imitation. Il s'agenouillait devant l'autel et bredouillait de confiance le galimatias qu'il se rappelait, dans lequel il ne comprenait rien, et qui figurait pour lui la première partie de la messe, puis il montait à l'autel où s'accélérait la manœuvre – l'essentiel étant de lever les bras, de ne pas manquer les inclinaisons, de changer de place.

L'île subissait la nostalgie des cérémonies catholiques et de la présence charnelle d'un prêtre sur son territoire – un mystérieux scorbut la frappait. Le paralytique, tombé en enfance, continuait ses paniers d'osier, mais, lui qui ne s'en était pas laissé accroire avec la nomination du dernier curé, on l'entendait crier maintenant, en hochant la tête : « Un recteur ! un recteur ! » Les femmes arrêtaient Thomas Gourvennec pour lui parler de l'église, des messes d'autrefois, du bon curé qu'on avait eu malgré tout – quand donc l'évêque se déciderait-il à s'occuper de ses enfants ? Le continent, à l'horizon, apparaissait comme un égoïste lieu de délices, une terre de perfection et d'orgueilleuse sagesse : dans chaque village, des prêtres... Thomas défendait l'évêque. On ne devait pas oublier, disait-il, que, pendant dix années, l'île avait porté son prêtre. Pensant que cela durerait, elle n'avait plus récité ses prières, ou ne les avait récitées que du bout des lèvres. « C'est possible, répondaient les femmes, mais le bon Dieu nous punit trop. Alors que tous les mécréants du royaume communieront, s'ils le désirent, pour Pâques, nous, nous devrons rester sur notre faim de Dieu. Est-il quelqu'un de plus malheureux que nous ? »

Plus que les phrases désenchantées des femmes, les innocentes moqueries des camarades atteignaient l'âme fruste de Thomas et l'entretenaient dans le regret du prêtre : « Alors tu n'as plus de travail ? Alors tu ne racontes plus de breton en latin ? *Dominu vobicou !* » Il riait, mais il n'en souffrait pas moins dans son orgueil et pour lui, sacristain inutile, et pour la chrétienté.

III

Le dimanche, de très bonne heure, les gens se réunissaient dans l'église, les hommes à droite, les femmes à gauche, tous debout ou à genoux, et, sur un signal de Thomas, l'ancienne servante du presbytère, une *karabassen*[1] asthmatique et moustachue, commençait tout haut un *Pater Noster.* Aucun prêtre, hélas, ne sortait de la sacristie. La *karabassen* avait nettoyé l'autel, frotté les porte-cierges et le crucifix, frotté les deux énormes « casques », roses et pigmentés de noir, tenant du caillou et de l'animal, du diamant et de la dépouille, qui remplaçaient comme ornements la flore des paroisses plus heureuses ; la sonnette avait été posée en bas des marches, à droite ; c'étaient ici des chrétiens qui connaissaient les usages – si seulement on leur eût donné un prêtre ! Les intentions défilaient, annoncées d'une voix sifflante, pour la « penzé », pour que Dieu envoyât des épaves sur les grèves, pour que Dieu fît tomber de l'eau, pour que Dieu envoyât un prêtre dans son île, pour que Dieu mît beaucoup de poissons dans les filets ou dans les nasses ; puis une grand-tante de Thomas suppléait la *karabassen* et, d'une mémoire sans défaillance, récitait la liste de tous les décédés à prière payante : un *Pater,* un *Ave,* un *De Profundis.* Un temps de silence, puis la *karabassen* entonnait un cantique breton. Le chœur nasillard des femmes, le chœur bruyant des hommes s'élevaient dans l'église. Le cantique avait été pris trop haut, mais, dans les passages difficiles, les femmes criaient ou adoptaient des voix de tête qu'elles considéraient comme angéliques, tandis que les hommes descendaient à l'octave et se contentaient de fredonner. On chantait quatre ou cinq cantiques, puis il y avait encore

1. Bonne de curé.

un temps de silence et d'attente. D'un grand geste, la *karabassen* se signait et, comme si toutes les prières individuelles se fussent achevées dans le même instant, toute la paroisse se hâtait de se signer après elle ; elle se retournait, déjà les gens qui stationnaient dans le bas de l'église passaient dans le cimetière. D'un seul et même courant, l'église se vidait…

Cette semaine-là, qui fut brumeuse, une grosse barque de Nantes se perdit sur un écueil de la chaussée de Sein. Des épaves arrivèrent à la côte : des avirons, des morceaux de coque, un canot en bon état, des tonneaux d'eau potable, un baril de vin rouge et trois cadavres – dont à la rigueur on se fût passé. On dépouilla les cadavres de leurs habits et, puisque ces pauvres gens étaient venus jusqu'ici, les pêcheurs qui avaient trouvé les plus belles épaves leur offrirent des cercueils et l'île eut à cœur de célébrer dans l'église une longue cérémonie. Au premier rang, vêtu de l'habit d'un des morts, répondait Jules Guichaoua… Le samedi courait une rumeur : François Guillerm et ses fils auraient recueilli sur leur barque deux naufragés encore vivants. Ils les auraient ragaillardis, leur auraient donné du pain et de vieilles toiles pour remplacer leurs vêtements trempés, puis les auraient ligotés et leur auraient mis un bandeau sur les yeux avant de les conduire, dare-dare, jusqu'au continent. Là, sur une grève déserte, mais où un chercheur d'épaves de Lescoff ou de Plogoff jetterait sûrement un coup d'œil plus tard dans la journée, ils les auraient descendus. Le temps de reprendre les vieilles toiles et de laisser les bonshommes en tenue de Noé, avec leurs bandeaux sur les yeux comme pour les empêcher de souffrir dans leur pudeur, et ils filaient. Dans les habits des naufragés il y avait une dizaine de pièces d'or. Quelle aubaine ! disait-on à François Guillerm. Avec un peu de cet or il pourrait acheter ce qui restait du baril de vin rouge ! Il avait craché. Deux choses le chiffonnaient. D'avoir vu et revu tout nus des chrétiens bien vivants. D'avoir perdu des morceaux d'étoffe et de précieux cordages.

— Tu es pire qu'un chien sauvage, lui avait-on jeté.

Il rétorquait simplement :

— C'est vrai…

Le lendemain, alors que la *karabassen* attendait le signal pour commencer les prières, Thomas Gourvennec gagna le chœur, s'agenouilla quelques secondes, puis, l'air sévère, il s'approcha de la sainte table et se signa comme un prêtre. Tous se signaient à leur tour. « Mes chers frères », leur dit-il, et il entama un discours véhément contre les mauvais chrétiens. La paroisse l'écoutait sans surprise, avec une attention fidèle. Chacun croyait que c'était là une initiative arrêtée de concert par les autres et ne manquait pas de l'approuver. Les gens de l'île, criait Thomas, se conduisaient plus mal que les sauvages de l'Amérique. Pourquoi on leur refusait un prêtre ? parce qu'ils n'en méritaient pas. Parce qu'ils vivaient comme des païens. Ce n'étaient pas des prêtres qu'il fallait leur envoyer, de bons prêtres de Quimper qui leur parleraient breton, mais des missionnaires espagnols et des hommes d'armes. On condamnerait quelques îliens et, avant leur exécution, les missionnaires écouteraient leurs péchés d'une oreille paresseuse. Était-ce chrétien, de sauver un homme de la mer pour le voler de ses vêtements et l'abandonner sur une grève ? Païen, voilà tout ce que c'était... Effrayé de son audace, Thomas s'était arrêté, rouge, les yeux fixés sur la grande croix qui regardait la chaire vide.

— Tu as raison, je suis pire qu'un chien sauvage, entendit-il alors, et je rendrai deux pièces à l'église pour les morts de ma famille.

Sans chercher le visage de Guillerm, il se redressa et répondit :

— Dans une église on ne parle pas.

Il se signa, imité par toute la foule, s'agenouilla sur la première marche de l'autel et, d'une voix forte :

— Pour la *penzé*. On va prier pour que le bon Dieu nous envoie beaucoup d'épaves...

IV

Après les cantiques, comme il redoutait le blâme des pêcheurs, il gagna la sacristie au lieu de suivre la foule. La poussière s'amoncelait sur les vieux livres, les toiles d'araignées se déployaient dans les encoignures et sur la frise du plafond, un courant d'air sifflait. Le sacristain s'approcha de la petite fenêtre et contempla la dune rase, les rochers, le ciel bleu. On ne voyait pas la mer. Une mouette silencieuse, déportée par le vent, décrivait des lacets et des pentes. Rendre ce lieu catholique, remplir ce lieu de grâce chrétienne... Quand donc une main de prêtre ouvrirait-elle ces hautes armoires et ferait-elle crier les planches ? Une alouette éclata dans l'air et commença une série de vagues, de chutes et de bonds.

Il avait soif et son premier soin fut d'entrer chez la veuve Le Stum, qui, dans sa propre chambre, où elle se contentait de fermer le lit, vendait à boire. Trois hommes, assis sur des escabeaux, lui firent place. Il vida son verre et le posa sur un tonneau à côté des verres vides. Personne ne parlait. Enfin Mathieu Kernéis cracha lentement et lui tendit la main : son sermon à l'église avait plu à tout le monde ! Comme il en savait des choses ! On se rendait bien compte, aussi, qu'il dégoisait pour l'église et qu'au fond il ne blâmait pas les pêcheurs ! La veuve souriait...

Chez lui, sa mère avait pleuré, mais, en le voyant, elle sourit, tandis que les filles quittaient la pièce. Thomas n'osait demander où était le père, le paralytique l'appelait et il écouta le vieillard le féliciter de son sermon. La mère souriait toujours, ne s'interrompant que pour menacer des yeux les filles qui se tenaient aux aguets dans le vestibule.

Corentin Gourvennec n'enlevait pas ses sabots. Il embrassait et réembrassait Thomas, l'honneur de la famille. Le panier d'osier que commençait le paralytique lui tomba des doigts sur la terre battue et Thomas voulut le ramasser, mais son père le prévint : ces choses-là ne le concernaient plus, il était au-dessus des autres ! La mère, en silence, apportait du vin et des bols, et Corentin dit à son fils que le sermon avait réjoui tout le monde, François Guillerm en tête, et qu'on serait heureux, chaque dimanche, d'avoir un sermon. Les principaux de l'île avaient insisté pour qu'il obligeât son fils à parler chaque dimanche, mais lui, il se refusait à trop de familiarité envers quelqu'un, fût-ce son propre fils, qui parlait si bien dans une église. Il sentait que son fils valait tellement mieux que lui. Thomas déciderait tout seul.

Là-dessus, François Guillerm, Jules Guichaoua, Léon Gourvennec, le frère aîné de Corentin, s'approchèrent ensemble. L'île n'était plus si malheureuse…

V

Le lundi, après la pêche, Thomas partit pour l'extrémité occidentale de l'île, face à la chaussée de Sein, et, tandis que tombait la nuit de septembre et que les étoiles, une à une, comme des yeux d'oiseaux, trouaient le ciel, puis dix par dix, cent par cent, comme des écailles de sardine dans un panier vide, ou des poissons surpris par le reflux dans une flaque de la grève, – à voix haute, tout en marchant, il récitait des prières. La mer avait fini de descendre, qu'on entendait frapper les récifs dans des heurts rythmés et vaillants, ou glisser contre des bancs de pierres. Des alouettes de mer hardies comme des guerriers se dressaient sur des roches, regardaient, sautillaient, plongeaient en avant. Les grèves étaient autant de beaux jardins de goémons et d'algues et sentaient bon la mer nouvelle. Dans un carré de terrain que bossuaient quelques dalles, le cimetière des pestiférés, il entra s'agenouiller et prier pour les morts. Une croix de pierre, ensevelie dans l'herbe d'un talus, tendait la tête vers la poitrine de l'homme et il la baisa lentement.

Une longue clarté rouge pâle, un peu dorée, vibrait à l'occident du ciel, sous les étoiles, et se reflétait sur la mer en ciselures d'un rouge glauque. Des récifs, dans le calme du soir, adoptaient des postures d'animaux pacifiques, de miettes mélancoliques et douces de la terre. Derrière un sillon de galets blancs dont luisaient les plus hauts, Thomas s'engagea sur la gauche, piétina des algues mises à sécher et qui sentaient le pourri et, quand il eut atteint ce qu'il cherchait, il s'agenouilla. Ici, très loin dans l'autrefois, un ermite avait eu son sanctuaire. Une église avait été bâtie plus tard autour du sanctuaire, mais, quand un incendie l'eut ravagée, on reconstruisit l'église dans le village même, avec les pierres de l'ancienne, et l'endroit, qui restait une terre doublement sacrée, servit pour des pèlerinages. On invoquait au centre de l'enclos l'intercession de l'ermite.

Thomas, à genoux, ne murmurait aucun mot de prière. Il se laissait imprégner de force et de grâce. Sur l'île ouverte à tous les vents et que la nuit calme de septembre récompensait si bien, il tâchait de transformer son âme en un lieu d'accueil, en une chambre basse et familière où entrerait et se reposerait l'esprit de Dieu.

Le mardi, pendant la pêche, Gourvennec se promit de parler le dimanche sur l'amour de Dieu pour les pauvres gens des côtes et des îles. Les paysans labouraient la terre, la piochaient, la binaient, la sarclaient ; eux, les pêcheurs, il leur suffisait de leurs filets et de leurs barques pour réclamer à la mer une récolte.

Sur le quai il rencontra Guillerm ; l'autre vint à lui, le remercia de son sermon et, comme Thomas ne répondait rien, il ricana et s'éloigna en hâte…

Le jeudi, Thomas se rendit chez Guillerm et, de but en blanc, lui demanda les pièces d'or. Guillerm essaya de plaisanter : Thomas avait crié qu'on ne parlait pas dans une église ! Et où irait-il les chercher, les deux pièces d'or ?

— Mets-les-moi dans la main, insista Gourvennec, et l'avare découvrit les deux pièces au fond de son lit clos.

Il tergiversa cependant. À quoi donc serviraient-elles puisqu'il n'y avait plus de prêtre ?

— Mets-les-moi dans la main.

Il obéit.

Thomas, le samedi, retournait le sol de sa parcelle, enclos minuscule parmi les enclos minuscules, quand une femme enjamba un des murs – une femme, non, une fille, Scolastique Kernéis.

— Qu'est-ce que tu veux, Scolastique ? Si ce sont des légumes, tu vois que je ne suis pas riche…

Mais ce n'était pas des légumes qu'elle voulait.

— Quoi donc ? Qu'est-ce que tu veux d'autre ?

Il l'écoutait à peine, et seulement parce qu'elle appartenait à la paroisse. Demain il prêcherait la paroisse… Ce qu'elle voulait, était-ce si difficile à voir, et, bien que ce fût plus difficile à dire, elle le dirait tout de même. Elle voulait épouser le sacristain :

— Tu es veuf, Thomas, et tu n'as pas eu d'enfant de ta femme. Tu es jeune encore…

Il ne songeait pas que cette fille se montrait d'une audace extraordinaire, et, au lieu de la traiter d'effrontée, il la harangua en termes pieux, il la supplia au nom de la Vierge Marie.

— Tu parles bien, mais tu n'es pas prêtre, l'interrompit-elle. Tu n'es pas prêtre, laisse-moi t'épouser…

Il l'assura qu'elle était folle.

Tandis qu'elle retournait vers le village, Thomas, abandonnant son travail, la considéra au loin. Elle passait sur la langue de terre qui joignait au gros de l'île la pointe des parcelles, et sa coiffe noire, vue de dos, se silhouettait comme un étrange moulin à vent. Comme un papillon noir. Comme une voilure noire. Il pensait maintenant que cette fille était belle, il se souvenait qu'on la célébrait comme la plus belle, et il fut sur le point de bondir par-dessus le mur de pierres sèches, par-dessus un autre mur, un autre et un autre, et de courir après Scolastique. Elle n'aurait pas franchi la langue de terre qu'il lui toucherait l'épaule. Ils se mettraient en face l'un de l'autre comme de jeunes animaux noirs qu'ils étaient, deux créatures de l'île, un homme, une femme, la voile et le mât d'une famille. Il n'y avait pas de prêtre, en effet, parmi eux.

Il ne bougea pas. À la violence qui le soulevait, il ne doutait plus du dessein de Dieu sur lui. Dans la visite que la plus belle fille de l'île lui avait faite et dans les phrases âpres et suaves qu'elle lui avait lancées, il reconnaissait, de toute évidence, une tentation. Sur un vitrail d'Audierne, ainsi le démon tentait un saint homme. L'ermite de l'île, si Dieu l'aimait – et Dieu l'avait aimé –, avait dû lutter contre les offres des belles îliennes que tourmentait sa piété. Il avait lutté, il avait triomphé : triomphe sans lequel la réputation du sanctuaire n'eût été que mensonge, et n'eussent pas été exaucées dans leurs vœux domestiques les lointaines descendantes des folles tentatrices.

VI

Le dimanche, quand il retrouva devant lui la paroisse attentive, prête à l'admirer, Thomas Gourvennec eut une défaillance. Jamais il ne renouvellerait son exploit. Il leva la main pour s'essuyer le front ; au lieu de s'essuyer le front, il se signa. Tout le monde se signait, les femmes, les enfants, les hommes, ceux de la nef qui le voyaient, et ceux des bas-côtés qui ne le voyaient pas et qui suivaient la nef ; il disposait d'un pouvoir de prêtre.

Ses grandes idées s'étaient brusquement dispersées. Montrer aux îliens de quelle faveur Dieu les entourait, belle chose, mais difficile. Ces gens-là n'avaient pas tellement besoin de connaître leur chance. Plutôt, d'être frappés et morigénés, de recevoir une tempête de reproches ; assez vite leur orgueil redresserait la tête…

Il injuria copieusement son auditoire…

Comme le dimanche précédent, il gagna la sacristie après les cantiques bretons et, par la petite vitre, il contempla la dune rase. Dehors, il se rendit tout de suite chez son père, qui lui répétait : « Où vas-tu chercher tout ça ? Mon Dieu, où vas-tu chercher tout ça ? » et n'osait le regarder qu'à la dérobée. « Est-ce que tu crois que je fais du bien ? » demanda Thomas, qui voulait savoir si l'on aimait son sermon. Corentin jura que son fils faisait un bien immense, parlant comme un prêtre, mieux qu'un prêtre même, et admiré de chacun. Ce qui nuisait souvent aux recteurs, c'était de craindre leurs paroisses. Ils en savaient dix fois trop de science des livres, et de science du confessionnal, de la messe et du Saint-Esprit, mais ils ne savaient pas secouer leurs bonnes gens. Ils savaient parler à chacun séparément, mais non à tous ensemble. Un bonhomme qui a calomnié un camarade auprès d'un autre, et qui les rencontre tous deux réunis, n'était pas plus gêné qu'eux pendant leurs sermons.

Tout le long du dimanche, des îliens défilèrent chez les Gourvennec. « Quand on a un fils comme cela qui honore l'île, c'est bien le moins », s'excusaient les femmes en remettant leurs cadeaux. Du pain. Du biscuit. Du vin. Du poisson séché. Avare ou naïve, la Fanchic du Poul-Dû apporta un morceau de lieu qui avait pourri, mais, comme le disait ensuite Corentin à une autre vieille, cette ordure servirait pour appâter.

Vers le soir entra toute la famille Kernéis, solennellement. Mathieu, avant de franchir la porte, appela sur la maison les grâces divines. Il apportait du vin et du sel. Scolastique ne levait pas les yeux.

VII

Une tempête d'équinoxe, bouleversant la mer, emprisonna les îliens sur leur récif – et ce furent veillées et conciliabules, courants d'air glapissants dans les ruelles tortes, repas chiches coupés de phrases lentes…

Si quelqu'un allait mourir pendant ce tohu-bohu, il mourrait donc comme un chien ?

Le vent sifflait, hurlait, chantait, claquait. Cela tenait du bruit, du fracas, de l'aboiement, de la musique.

Avec cela, parfois, les journées étaient claires, un ciel vif heurtait les fenêtres, quelques moments encore et il semblait qu'on apercevrait le vent, qui ployait l'air et frappait la mer selon la brusquerie d'une houssine. On venait de l'entendre passer sous la porte, toucher le toit, courir dans la risée. Diable d'être ! Quelques moments de patience, et, soudain, on mettrait la main dessus, comme sur le voleur que l'on guette. Il demeurait invisible. L'île, frappée de flanc, recevait l'insulte. Elle se félicitait, même, de sa quille rocheuse, de cette cambuse bouchée de sol dur, qui lui assurait l'équilibre. La mer portait la main sur cette île qui lui rongeait la face, mais l'île était plus résistante que la main et s'enracinait au profond du corps. L'île s'accrochait dans l'eau. Elle était cousue à la mer par ses assises de roches. La mer ne prévaudrait point.

Les anciens se réunissaient les uns chez les autres dans la journée, mais les langues ne devenaient agiles que le soir, à la lueur de l'âtre, alors que les âmes, délivrées d'une lumière malhabile, contemplaient leurs souvenirs. On parlait du temps, des morts et des absents, de la pêche, on racontait des légendes. Afin de plaire aux femmes, qui n'attendaient que cette occasion pour dire leur mot et, jusque-là, restaient silencieuses et attentives, on s'entretenait de l'église. L'île était une paroisse sans prêtre ? Thomas Gourvennec prêchait aussi bien qu'un prêtre ! Les enfants des hôtes, entassés dans leurs lits clos, dressaient l'oreille. On les entendait remuer sur leurs matelas de goémons secs.

Yves Lannuzel, de son surnom l'oncle Lannuzel, émit l'idée, un soir qu'il contemplait le feu, que

Thomas devrait bien loger au presbytère, où l'île s'occuperait de le nourrir. C'était un homme qui avait eu des malheurs que l'oncle Lannuzel, aussi l'écoutait-on. Condamné par injustice à cinq ans de galères, il avait, tandis qu'il purgeait sa peine, perdu sa femme devenue folle qui, avant de se pendre, avait étranglé ses deux petits. Il s'était remarié. Sa seconde femme était morte en accouchant d'un enfant mort... Mathieu Kernéis, après un silence, demanda comment Lannuzel imaginait son dessein. Il y eut un silence. François Guillerm déclara que l'Église était dure aux pauvres gens. Elle permettait à n'importe qui de donner le baptême, pourquoi pas l'extrême-onction ? « Je ne dis pas que Thomas serait curé de Sein, je dis qu'il remplacerait le curé de Sein », répondait l'oncle Lannuzel. D'autres pensaient qu'un curé ferait du bien à l'île. Leur opinion, qu'ils n'arrivaient pas à extraire de dessous leurs modesties, était que l'île n'existerait vraiment qu'à partir du jour où elle aurait un prêtre. Pouvait-on les nommer aujourd'hui des chrétiens, donc des hommes ? Après un silence, Mathieu Kernéis opina que, si un îlien avait le droit de remplacer le curé, ce serait bien Thomas.

— Il a déjà commencé ! jeta Guillerm.

La tempête enveloppait l'île. Ils étaient ici comme dans un navire, et un navire n'a point de prêtre, mais un jour le navire aborde en pays chrétien et, du pont, des clochers se contemplent sur le rivage. Des clochers d'églises desservies...

La tempête, le lendemain matin, enveloppait l'île, lorsque François Guillerm entra chez Gourvennec. Il apportait deux chandelles et une corde, qu'il offrit à

Corentin en remerciement de ce que Thomas faisait pour la paroisse. Thomas ne répondait rien. François le pria de sortir et, dehors, dans la ruelle courbe, il l'arrêta pour lui demander l'emploi qu'il comptait donner aux pièces d'or. Brisé en mille morceaux par la ligne incertaine de la ruelle, le vent ne cinglait pas les deux hommes. Il coulait autour d'eux comme un courant, il poussait ses brindilles. Le bruit de la mer et le bruit du vent sur les toits remplissaient les oreilles, et ils durent s'interrompre. D'un geste, François montra l'église. Ils se hâtèrent de franchir le porche glacial. Thomas tendit de l'eau bénite et, après s'être signé, il voulait prier un peu, quand l'autre, le prenant par son habit et lui parlant presque bouche à bouche, sollicita une explication immédiate.

— Tu ne penses pas que j'ai apporté chez toi deux chandelles et une corde *gratis pro Deo*. Rends-moi mes pièces.

Thomas dit qu'il ne les rendrait pas et François le secoua par son habit, à deux mains, et courbant la tête :

— Méfie-toi, criait-il, méfie-toi ! Ne fais pas ça ! Je te donne ce conseil, moi, François Guillerm !

Puis il changea de ton.

— Je t'ai soutenu dans une veillée. J'ai proposé que tu t'installes au presbytère et que tu te serves de la maison du prêtre comme de ta propre maison ! C'est quelque chose, cela ! rends-moi les deux pièces, je les ai méritées !

— Ce que tu donnes à l'église, tu ne peux pas le reprendre !

Comme François insistait, élevant la voix de plus en plus sans respecter les vieilles statues, le catafalque, ni cette odeur de Dieu qui rôdait, Thomas rompit la discussion.

— Allons dans la sacristie ! rétorqua l'autre.

Et, une fois dans la sacristie, il se montra plus traitable. Il ne réclamait plus les pièces pour le jour même. Il implorait qu'un jour ou l'autre, seulement, et quand Thomas l'en jugerait digne, il rentrât en possession de son or. Toute patience avait quitté Thomas Gourvennec, qui libéra son habit et se croisa les bras.

— Tu n'as pas honte ? Tes pièces, tu ne les reverras plus. Je les ai jetées à l'eau !

— Si je savais que tu as fait ça, je te tuerais ! Mais tu dis ça pour me faire peur ! Méfie-toi ! Je te donne ce conseil ! Maintenant je suis perdant : je perds deux grosses pièces d'or, deux chandelles et une corde ! Je me paierai de tout !

Le soir venu, Thomas, en homme qui va satisfaire un besoin naturel, sortit de chez lui. Il s'apprêtait à jeter à la mer les pièces d'or qui lui valaient tout cet ennui. Il se sentait dans son droit et, en même temps, il effacerait un mensonge... Le poing serré sur les fameuses pièces, il jouit de la tempête. Des vagues s'écrasaient, par l'occident de l'île, contre les récifs, grondaient contre les écueils, les lames roulaient sur les grèves plates. Sur le fracas continuel se brodaient deux ou trois lignes de bruits, que surmontait la plainte aiguë, aigre et discordante, du vent...

Il allait se rapprocher de Dieu en rejetant au néant une matière vile et brillante dont les hommes étaient si fous ! Il marchait contre la tempête, il écartait la tempête à droite et à gauche, il finissait par croire, dans sa vigueur physique, à un miracle près de s'accomplir : aussitôt les pièces avalées par la mer, la tempête se calmerait, le vent se coucherait.

Quelqu'un – un homme, sans doute – était debout vers la sortie de la ruelle, juste au-dessus de la grève. Thomas ne s'inquiétait pas encore de cette présence que l'homme disparut. Cela le fit réfléchir. N'était-ce pas un homme qui le surveillait ? Sans aucune espèce de crainte, il courut sur ses sabots jusqu'à la grève et il regarda le long du rivage. La nuit était sombre. On aurait plutôt aperçu le vent et les embruns qui sautaient de la mer qu'un homme blotti par là. Le sable, d'un blanc faible et un peu jaunâtre, se devinait quelque temps et se perdait contre les souples murailles de l'ombre qui se dressaient dans la nuit vague.

François, peut-être ? Thomas hésitait maintenant à jeter les pièces dans la mer car il s'agissait d'une purification dont personne d'autre que lui ne devait considérer l'accomplissement. Incertain, il marcha le long du rivage. Peut-être allait-il tomber sur la cachette de l'homme ? Le vent brutal, contre lequel il marchait, lui aveuglait les yeux, lui pesait sur la poitrine. Des embruns lui mouillaient les cheveux, des puces de mer lui sautaient dans les jambes. En bas ce fourmillement monotone et innombrable, en haut la clameur rapace du vent, contre la poitrine ce boutoir, ce tronc d'arbre entouré de vent, dissimulé dans le vent.

Comme il remontait sur la dune et que ses sabots écrasaient du goémon sec collé au sable, Thomas aperçut un feu, vers l'autre bout de l'île, face à la chaussée. Ce n'était pas le feu d'une torche, mais le feu, échevelé, plus riche en fumée qu'en flamme, d'un tas de tourbe ou de bois vert. L'homme qui brûlait le feu se moquait de la dépense. Qui donc était assez riche ou assez insensé pour gaspiller de telles richesses ? D'instinct, Thomas Gourvennec se mit en marche dans la direction du feu. On le traitait déjà comme un prêtre, se disait-il. L'homme qui brûlait le feu devait n'être, une fois de plus, que le délégué de tous. De tous, sauf, cependant, de Thomas Gourvennec… Il s'étonna du temps qui avait passé. Son absence allait paraître bizarre. Il s'arrêta. Il aurait bien voulu tirer au net l'histoire du feu, mais c'était impossible. Il rebroussa chemin, vent arrière de trois quarts et, moitié marchant, moitié courant, et soudain secoué par le froid, il se dirigea vers les maisons. Avant de les atteindre, il se retourna. La tempête, lourde et papillotante, lui écrasa le visage et la poitrine, lui rejeta les jambes en arrière – et le feu n'existait plus. Éteint. Aucune fumée. Thomas avait manqué l'instant où l'ombre de l'homme pouvait se détacher sur la flamme.

Le lendemain matin, de bonne heure, Thomas se rendit à l'endroit où brûlait le feu. L'homme avait enlevé les cendres. Il ne demeurait sur le sol qu'un cercle d'herbe calcinée, bleue avec des pointes blanches, encore chaude.

VIII

Quelques jours plus tard, alors que la tempête cédait la place à une période calme de pluies et de vents tièdes que les pêcheurs utilisaient pour des courses loin de l'île, Anne Guichaoua, un petit garçon de cinq années, mourut. Ça n'avait jamais été de l'enfant solide. Ça manquait de vie dans le sang, ça n'avait pas contracté un long bail avec le monde.

La mort d'un enfant, dans une famille qui en comptait huit, ne prêtait pas à long deuil. Le père fit le cercueil lui-même et, avec l'aide de sa fille aînée, il y plaça le cadavre, sans le couvrir d'un suaire : pour un si petit, on n'allait pas gâcher de la toile !

Les îliens, qui désiraient voir Thomas s'installer au presbytère, employèrent cependant la mort d'Anne pour leur propagande. Thomas se dérobait. Un gosse, ça n'avait encore jamais péché ! Oui, sans doute, si un homme ou une femme mourait sans dernier sacrement, ce serait une chose grave, et, mon Dieu, il fallait s'y attendre d'un jour à l'autre ! Mais pourquoi ne pas s'adresser à l'évêque ? Pourquoi ne pas lui réclamer un prêtre ?

La famille Gourvennec refusait, en principe, de prendre parti entre Thomas et les îliens qui le poussaient. Un fils prêtre les eût flattés tous, les eût rassurés pour leur vie future et, pour leur vie présente, leur eût attiré cadeaux et considération. Guillaume ne prononçait pas un mot au sujet de la cure, mais il avait pour Thomas des égards particuliers. La mère n'osait plus s'asseoir devant Thomas et lui laissait le soin de diriger les prières de la maison.

Dans cet embarras, le pêcheur ne possédait personne à qui se confier. Une amitié fidèle l'unissait à son plus jeune frère, Pierre, qui se fût jeté à l'eau pour lui, mais il ne pouvait lui expliquer une lutte aussi grave. Un matin il demanda la barque pour se rendre à Audierne, et Guillaume ne lui posa aucune question. Thomas et Pierre partirent pour le continent. Une fois au large, Thomas fit promettre à son frère de ne pas chercher à connaître les raisons du voyage. La barque sautait et roulait dans le raz de Sein, et Pierre s'émerveillait de se sentir en sécurité autant que s'il eût été avec le père. Entre la pointe du Raz et l'embouchure du Goyen, ils pêchèrent des merlans…

Le recteur d'Audierne avait longtemps enseigné dans un séminaire, et Thomas le trouva occupé à traduire en breton un sermon pour le dimanche suivant. Le pêcheur, bien que le prêtre l'eût reconnu aussitôt comme le sacristain de l'île, ne se sentait pas à son aise et, du coup, il n'y alla point par quatre chemins. Il fallait que le recteur écrivît à l'évêque une lettre comme quoi ça ne pouvait plus durer comme quoi l'île de Sein, un village chrétien, avait besoin d'un prêtre. « La vie n'est pas gaie dans l'île de Sein pour un prêtre », objectait son hôte, mais le. pêcheur, pour ne pas s'empêtrer dans une discussion, ne répondait pas aux remarques et répétait simplement : « Nous avons besoin d'un curé, nous avons droit à un curé. » Pas gaie, pensait-il, l'île de Sein pour un prêtre ? Elle était gaie pour tout le monde, l'île de Sein, pour un prêtre comme pour les autres. Et les gens d'église, aussi, racontent que la vie n'est pas faite pour l'amusement ! Thomas se découvrait plein de bonnes objections, mais sans liens entre elles, et il préférait se tasser sur sa demande opiniâtre plutôt que de s'exposer à se faire contredire. « Tu crois que je vais pouvoir lui parler comme ça, à Monseigneur ? disait le prêtre. On voit que tu ne connais pas les usages. » Le pêcheur garda le silence pour user son adversaire. L'autre, de guerre lasse, finirait bien par céder. Les usages, les usages, qu'est-ce que cela signifiait donc ! pensait-il. Ils avaient besoin d'un curé, c'était la chose, et le reste comptait comme du vent. « C'est que ce n'est pas facile ce que tu me demandes. » Alors, tout de même, il parla, lentement, et avec colère, cherchant des mots lourds, des mots polis, bronchant sur des expressions fortes. S'il avait su bien écrire, certainement il se serait arrangé seul ! Il n'aurait supplié personne ! D'un geste gauche et hardi il sortit les pièces d'or et les présenta au prêtre : pour les dépenses de l'évêque. Le recteur ne tendit pas la main et le pêcheur n'eut d'autre ressource que de les poser sur une table. Un silence suivit.

« Hum ! reprit le recteur, est-ce que l'île de Sein ne devrait pas faire son examen de conscience au lieu de faire celui de l'évêque ? » Si on ne leur donnait pas de prêtre, c'était aussi, sans doute, qu'ils n'en méritaient pas. Thomas faillit bondir. Ça n'avait aucun rapport avec le mérite ! Si on leur refusait un curé, c'était que les prêtres, de loin, redoutaient l'île. Une île où personne ne faisait de mal à une mouche. Une île bonne comme du pain. Les prêtres aimaient mieux accepter les offres des messieurs nobles et devenir aumôniers dans les châteaux ! Le recteur rougit, du front à la nuque, mais, au lieu de se mettre en colère, il éclata de rire. En somme, les îliens connaissaient leur propre valeur ! Ils se décernaient à eux-mêmes le titre de bons chrétiens ! Eh ! pour des sauvages ils ne manquaient pas d'ambition ! « Aussi bons chrétiens que les autres, monsieur le Recteur, meilleurs chrétiens que les autres, même. » Meilleurs chrétiens ! Ces meilleurs chrétiens, pourquoi réclamaient-ils un prêtre ! Ils n'en avaient pas besoin ! Histoire d'inciter le pêcheur à prudence et de l'effrayer un peu, le recteur ajouta qu'il y avait des gens pendus ou brûlés pour des paroles moins audacieuses, et l'Église seule, dans la personne de ses prêtres, pouvait décider si tel homme était ou non un bon chrétien.

Meilleurs chrétiens que les autres ! Ouais ! Et ces deux pièces d'or, d'où venaient-elles ? Est-ce que par hasard ce ne seraient pas les gens de Sein, ces bons d'entre les bons, ces hommes bons comme du bon pain, qui l'autre jour auraient dépouillé de leurs vêtements de pauvres matelots et les auraient descendus sur une grève de la pointe ? Hum ! cela ressemblait tellement à ce qu'on savait d'eux ! « Pas un d'entre nous ne serait capable d'une chose pareille », fit Thomas, les dents serrées, la voix rauque. Pas un ? Ces matelots ne s'étaient tout de même pas volés eux-mêmes pour le plaisir ? L'un d'entre eux n'était pas mort de froid pour faire courir des bruits ! « Pas un d'entre nous ne serait capable d'une chose pareille ! » Eh bien, en tout cas, qu'il se le tienne pour dit : les gens de la Pointe accusaient les îliens du crime. Pour ceux de Lescoff, de Plogoff, de Goulien, le doute n'était pas possible : on se trouvait en présence d'un exploit de l'île. « Pas un d'entre nous ne serait capable d'une chose pareille ! » Le pêcheur eût désiré se contenter de son immuable tactique de défense, mais la pensée que les gens de la Pointe se mêlaient de critiquer les gens de l'île et de jouer les petits agneaux l'excitait trop pour qu'il ne fonçât point droit devant lui :

— Et eux, dit-il, et eux ! À Saint-Tugen, l'année dernière, ce n'est pas le Saint-Esprit qui a envoyé au bas de la falaise l'homme de Fouesnant ! Ce n'est pas le Saint-Esprit qui a donné un coup de couteau à un homme de Lescoff, il y a trois ans passés ! Ce n'est pas le Saint-Esprit qui incendie toutes les années une ferme de la Pointe sans qu'on puisse mettre la main sur le bonhomme…

Puis il souffla. Le prêtre réfléchit que le pêcheur venait de se trahir. « Et eux ! » avait-il jeté au début de son apostrophe, ce qui signifiait donc : nous avons fait le mauvais coup de la Pointe, mais… Les gens de police, sur une phrase de cette imprudence, condamneraient Thomas. Ils le soumettraient à la torture. Ce n'était pas le rôle du prêtre. On ne l'avait pas nommé recteur d'Audierne pour qu'il se substituât à la police, mais pour qu'il vît clair dans les âmes et les aidât à se connaître elles-mêmes… Il reprit :

— En tout cas, tu sais ce que je t'ai dit ? Les gens de la Pointe vous accusent, et les gens de police ont été avertis. Ils cherchent. Ils sont lents, mais, en règle générale, ils finissent par trouver…

Quand la lettre fut terminée, Thomas feignit de la lire et il crut qu'il en imposait au prêtre. Pieds nus comme il l'était, il se leva, la lettre en main, il la mit à forte distance de ses yeux comme il l'avait vu faire à tant de vieillards, et il imita l'homme qui épelle. Lorsqu'il jugea qu'il avait dû terminer sa lecture, il attendit encore, puis, posant la feuille sur la table, il saisit la plume d'oie, renifla et signa tant bien que mal, en se mordant la langue, à en crever le papier.

Dehors il respira un bon coup. Il pleuvait un crachin gris bleu couleur de lointain. Quels mauvais moments il avait passés chez le recteur ! Comme il était possible qu'il eût besoin, une autre fois, de quelqu'un pour écrire à l'évêque, il se renseigna chez le marchand où il avait accoutume de se fournir en osier pour son grand-père, et une femme lui indiqua un sabotier à la jambe de bois, qui tenait enseigne *Aux beaux sabots bretons,* et avait étudié, jadis, pour entrer dans les ordres. C'était un drôle de petit bout d'homme, méfiant, discoureur, des copeaux plein les cheveux et le visage, et avec lequel Thomas finit par s'entendre. Moyennant une journée de travail, de temps en temps, sur une terre que le sabotier possédait sur la route de la Pointe, celui-ci réapprendrait à Thomas à lire et à écrire. Le bonhomme était intrigué en diable par l'affaire, ce pêcheur de Sein qui voulait s'instruire pour qui ? pour quoi ? Mais il promit de garder sa langue.

— Par exemple, dit-il, je ne désespère pas de te mettre en confiance, et, un beau jour, tu m'expliqueras ton histoire.

Et il replongea dans sa besogne. Il gigotait sur son tabouret, le pilon dressé à l'horizontale, la tête penchée vers un sabot dont il creusait l'avant. Tel quel, le pêcheur trouvait qu'il ressemblait à un chien qui s'épuce…

Pierre et Thomas poussèrent leur barque à la mer. Ils rapportaient une brassée d'osier, un baril d'eau douce, du pain, du poisson, du tabac à chiquer. Sa chique lui gonflant la joue, Thomas, debout à l'arrière, tenait le gouvernail et virait à bâbord ou à tribord selon les méandres du Goyen. Le large apparut. Ils évitèrent les bancs de sable, au milieu de l'embouchure, où les mouettes se formaient en troupes, comme occupées à construire une île, puis ils se rabattirent sur la droite, à serrer la côte, pour chercher le courant. Les falaises, hautes, dédaigneuses, tombaient à pic sur la mer. Les vagues rongeaient la roche comme des rats. Tailladées, creusées, frappées de plein fouet, gigantesque et sauvage carrière abandonnée où la mer eût tenu la place du lac de pluie, les falaises, à grands pans de pierre – et des ombres, tels des oiseaux hâves, se précipitant à la nichée dans les creux, les fissures, les ruptures, – les falaises descendaient dans la mer, vers le socle mobile et glauque de la mer, et y dissimulaient, calmes, leurs assises archaïques, leurs pieds serrés de statue primitive.

Ils piquaient droit sur l'île, mais ils ne la voyaient pas encore. Quel miracle cette île ! Combien il avait raison M. Pennanéach, le dernier curé, de soutenir que tous les enfants de l'île devraient porter, comme second prénom, celui de Moïse sauvé des eaux. L'île de Sein, ni plus ni moins que la corbeille de Moïse, avait été protégée par Dieu. Elle eût dû mille fois couler sous la mer. Elle défiait les éléments, cette petite chose plate, ce récif maigre et venteux, elle était dans la mer comme Jonas dans la baleine, comme Daniel dans la fosse aux lions. C'était miracle qu'une fois pour toutes, un beau jour, les flots ne déferlent pas dessus, ne l'arrachent, ne l'entraînent pas dans les abîmes, et le miracle, à chaque instant, se poursuivait.

Derrière l'horizon, dans cette mer qui ne semblait plus être que le flot et le flot, l'île vivait, l'île était heureuse. Ce n'était même pas la vie obtuse des marins dans des soutes, mais la vie hardie et salée du pont et du plein air. Chaque fenêtre ouvrait sur le ciel, la porte de chaque maison ouvrait sur la terre ; les vents, les pluies, le soleil, les oiseaux, existaient pour l'île.

Le raz de Sein apparut. Les vagues dansaient, sautaient, la mer se creusait et se boursouflait, s'écrasait contre les récifs. Sur un large espace, damné ou sacré, elle semblait en ébullition et en furie constantes, clapotant, s'effondrant, se dressant, avec des gestes monotones et farouches d'ivrogne ou de sourd-muet. Que se passait-il dans cet espace, quelle cause à ce courroux, à cette sarabande ? Au loin, collée à l'horizon, pareille à une sculpture usée de l'horizon, à un reptile desséché, l'île commençait, non à surgir, non à monter sur la mer, mais à se laisser deviner. Elle vagissait comme un enfançon de terre, comme un petit de continent. Sauvé des eaux. Combien il avait raison M. Pennanéach et quelle objection solide au recteur d'Audierne, qui prétendait que l'île était un endroit triste. Qui raillait la religion de l'île ? Des mauvais chrétiens, eux, des gens que Dieu sauvait tous les jours ?... Thomas Gourvennec cracha dans la mer un jet de salive. Quoiqu'on ne fût pas encore dans l'espace où la mer menait son tumulte, la barque roulait sans cesse, au long rythme d'une houle. Elle tanguait aussi, par intervalles, et tombait en avant comme un vieillard aux membres las qui s'agenouille, craquait et ahanait dans ses jointures, pour se soulever au-dessus de l'eau comme un animal ombrageux, encore un peu, un peu plus, et céder, après un bref suspens, aux lourdes chaînes de la mer qui l'entraînaient contre les dunes fuyantes.

IX

François Guillerm, malgré le beau temps de pluie sous lequel la mer, en certaines zones, était aussi plate que l'île elle-même, quitta la pêche de bonne heure. Il avait appris le voyage de Thomas et désirait le mettre à profit… Chez les Gourvennec, les femmes raccommodaient les bas de laine et cousaient des morceaux dans les habits de pêche. François, entre haut et bas, et d'un air mystérieux comme s'il allait révéler une importante nouvelle, demanda si l'on connaissait enfin la décision de Thomas. Les femmes bougonnèrent. Elles ne savaient rien ; elles étaient aussi mal partagées que l'île. Thomas, ces derniers jours, était muet comme un poisson. Dommage, remarqua-t-il, dommage. L'île avait rudement besoin d'un prêtre ! « Mon fils n'est pas un curé ! » cria la mère, et une vieille tante, qui jacassait comme deux lavandières, prit François à partie. Il racontait des bêtises. Il existait tant d'autres sujets de conversation ! Si c'était pour raconter ces histoires-là, des histoires que tout le monde avait déjà dites, qu'il les dérangeait dans leur besogne et s'en était retourné plus tôt de la pêche !… La mère approuvait ce langage. On n'allait pas une bonne fois les laisser tranquilles ? Si Thomas s'installait au presbytère, eh bien, cela se passerait au grand jour et on aurait le temps d'ouvrir les yeux ; d'ici là que chacun s'occupe donc de ses affaires ! Dépité, François Guillerm cracha sur la terre battue et, par politesse, il posa son pied sur le crachat. Il haussait la voix. D'abord il quittait la pêche quand cela lui chantait et il ne devait de comptes à personne. Il parlait à tue-tête et, heureuses de se sentir bousculées, les femmes reconnaissaient leur infériorité devant les hommes. Puis il avait pêché suffisamment de poisson. Puis, quand il disait que l'île avait besoin d'un prêtre, il savait ce qu'il disait et il disait ce qu'il savait. Ce n'était pas une de ces paroles de femme qui n'ont pas plus d'importance qu'une merde de poule et qui leur sortent de la bouche, on ne sait trop ni comment ni pourquoi. Par exemple, Scolastique Kernéis était amoureuse de Thomas. Lisette Le Bihan avait injurié la Fanchic du Poul-Dû, parce que celle-ci défendait Thomas, et prétendu que les Gourvennec mâles et femelles, y compris le paralytique, arrangeaient l'histoire du presbytère par ambition et amour des petits cadeaux. « Ils veulent être plus près de la soupe », disait-elle, vérité vraie ! Qu'importait la nature exacte des propos – déjà les femmes s'étaient dressées et, à toute vitesse, elles gesticulaient, elles s'exclamaient, elles prenaient Dieu ou la Vierge à témoin de la méchanceté des personnes, elles se mouchaient dans les doigts, elles découvraient que François ne leur apprenait pas grand-chose et qu'elles avaient percé, depuis belle lurette, la jalousie de celle-ci et la tristesse de celle-là. « Elle était toujours à penser, cette Scolastique », remarquait la mère Gourvennec, fort embarrassée. Quel mal, après tout, d'aimer Thomas ?

Il n'y avait aucun mal à aimer Thomas, au contraire. D'un autre côté, cette Lisette Le Bihan…

Quand les femmes furent sorties, incapables de garder pour elles-mêmes une source de merveilleux bavardages, décidées à forcer le destin, à se porter au-devant des incidents nouveaux qui, de toute évidence, ne pouvaient pas ne pas surgir, François s'approcha du lit clos où le paralytique levait des yeux écarquillés et il soumit le vieillard à une séance de flatteries. Sur sa santé. Sur ses exploits de jeunesse. Sur sa famille. Sur son petit-fils Thomas. Cela mordait merveilleusement, mais cela, en même temps, ne prêtait guère à conséquence. Il entrait dans les plans de François Guillerm d'acquérir l'alliance du paralytique – seulement celui-ci manquait trop de mémoire et le passé fuyait à travers lui comme dans un panier percé. Il paraissait aussi vain de lui apprendre un fait quelconque que d'essayer de planter un arbre sur l'île. Tout de suite ce serait à recommencer. François le considérait sans aucune sympathie. C'était digne des Gourvennec, de loger un grand-père paralytique ! Est-ce que celui-là ne ferait pas mieux de mourir ? Un vieillard impotent et sale dépréciait une maison. Il devait exister des moyens de se débarrasser des gens encombrants.

X

Quand Thomas revint d'Audierne, l'île semblait calme, un crépuscule rose déclinait derrière le port et, dans l'immensité du ciel, trois ou quatre nuages de pluie voguaient isolément, puissants et sereins. C'était le temps qui précède la veillée. Chaque famille se tenait dans sa propre maison. Les enfants et les vieillards se couchaient, les femmes se hâtaient de finir la besogne pour ne pas user de lumière, les hommes rêvassaient, les yeux vers la porte ouverte.

L'île, cependant, venait d'être secouée. Les femmes Gourvennec, par leurs histoires, avaient excité toute la gent féminine – une histoire d'amour, une histoire de jalousie, une histoire de religion ; une seule histoire eût suffi à mettre les esprits sens dessus dessous, et elles racontaient trois histoires ! Sans jamais s'égailler, elles avaient pénétré dans les demeures, la mère en tête, ou, si elles rencontraient quelqu'une, elles l'entouraient de leur groupe et de leurs cris. Après leur passage les femmes sortaient par les portes de derrière et couraient chez des amies dans l'espérance de précéder les messagères ; on se manquait souvent ou bien, à l'improviste, on se trouvait nez à nez l'une avec l'autre, et chacune déjà dûment avertie.

Une cousine de Scolastique, Maria Kernéis, s'en fut prévenir sa tante. Elle ne la prévint que du scandale et des rumeurs – la mère Kernéis connaissant bien l'amour de sa fille pour Thomas Gourvennec et ne pensant pas qu'il fût blâmable. Le temps, se disait-elle, arrangerait les choses. Que faire maintenant ? Que ne pas faire ? Scolastique déclara qu'il valait mieux pour elle rencontrer la mère Gourvennec que de l'attendre et de la laisser monter les gens. Elle mit sa plus belle coiffe et elle sortit, en compagnie de sa cousine.

La jeune fille obéissait dans sa conduite à un fatalisme orgueilleux et tranquille. Elle ne pensait pas qu'elle eût commis une faute en aimant Thomas

Gourvennec et elle marchait la tête rejetée en arrière, un sourire aux lèvres, écrasant de sa taille et de sa beauté la pauvre Maria. Une souffrance l'attendait sans doute, mais elle y était prête, si même elle ne désirait pas la souffrance. Rien ne s'achève hors de la souffrance. La fatigue accompagnait comme une sœur les mille gestes de la vie dans l'île. Pour défendre la vie contre la misère et la faim, mille peines rusées, mille monotones et habiles douleurs étaient nécessaires. La vie cependant ne résistait pas mieux que l'île, la vie demeurait un récif plat, exposé à tous les déferlements du péril. Si l'espoir d'amour qui s'abritait dans l'âme de la jeune fille prétendait à la vigueur, il lui fallait subir les affronts et les menaces, plonger dans la souffrance.

La mère Gourvennec sortait d'une maison quand elle aperçut Scolastique. Les femmes, les unes après les autres, et croyant la flatter, l'avaient excitée contre une fille qui levait les yeux sur Thomas. Jeunes et vieilles ricanaient, affectaient la colère et le dédain. La mère Gourvennec, pour ne pas décevoir l'enthousiasme rageur de ses fidèles, disait à son tour pis que pendre de Scolastique. On l'écoutait dans le silence – c'était tellement plus important, une injure de la mère Gourvennec ! – et la pauvre femme devinait qu'après son départ on échangerait ici des réflexions pour tout lui mettre sur le dos : « C'est la mère Gourvennec qui est furieuse, qui est furieuse ! » Chacune oublierait qu'elle y était allée aussi de sa calomnie, on ne se souviendrait que des cris d'une seule femme. Tant pis, elle était lancée, elle obéissait à son élan. Dans la maison suivante elle recommençait de plus belle…

Scolastique marcha droit sur elle et le sourire vague qu'elle portait aux lèvres s'épanouit. Même si la rencontre se terminait par un scandale, jamais les deux femmes ne se seraient trouvées ainsi aux prises, ainsi préoccupées l'une de l'autre, possédées l'une par l'autre, et la jeune fille entendait profiter de ce contact avec une belle-mère.

— Pourquoi tu ris comme ça ?

— Mais je suis contente de te voir !

— Tu es contente de me voir ? Eh bien, moi je ne suis pas contente de voir ton museau !

Elle la gifla de toutes ses forces. Scolastique devint cramoisie, mais elle se maîtrisa et ne se jeta point sur son adversaire, cette petite femme de rien qu'elle eût renversée à terre si elle l'eût voulu. Les femmes les observaient en silence, vivement intéressées, pinçant les lèvres. Dans un poulailler un coq chantait.

— Garce ! fille des rues !

Elle gifla Scolastique sur l'autre joue, mais déjà moins fort. Elle n'était nullement sûre d'elle-même. Jusqu'à ses insultes qui la décevaient ! « Fille des rues » : qu'est-ce que cela signifiait donc d'employer ce terme entre ciel et mer, sur un récif ? Il n'existait pas de rues ici, pas de filles des rues, pas de traînées, pas de salopes…

L'affaire était mal engagée. Puisque les autres femmes les abandonnaient à elles-mêmes et ne se décideraient à intervenir que si elles se flanquaient des torgnoles, se jetaient des pierres à la figure, se tapaient sur le nez ou se tiraient les cheveux à main que veux-tu, la mère Gourvennec entreprit une attaque de nerfs. Scolastique recula, incertaine. Sous la violence des gifles, sa coiffe s'était déplacée, et quiconque l'eût rencontrée fichue ainsi dans un autre moment se fût moqué d'elle. Personne n'y songeait, personne ne remarquait le ridicule de la coiffe… « Ah, mon Dieu ! ah, mon Dieu ! » gémissait la mère Gourvennec, qui tournait astucieusement sur elle-même pour perdre l'équilibre et, quand on s'empressa pour la soutenir par les aisselles et la traîner vers une pierre où elle pourrait s'asseoir, elle eut soin, par souci de vraisemblance en même temps que de vengeance subtile, d'insulter celles qui l'aidaient le plus, d'insulter celles qui ne l'aidaient pas, d'insulter le ciel et la terre, avec des mots grossiers et balourds, n'importe lesquels, qui seraient imputés au compte de sa folie passagère. Ses propres filles, elle les traita de garces.

Au même moment, le vieillard qui servait de maître d'école, entendant tout ce caquetage de femmes, interrompit la leçon et vint sur sa porte. La curiosité l'envahit. Il sortit interroger les commères. Les enfants, ne le voyant pas rentrer, sortirent à leur tour. Chacun, au passage, reprenait devant le mur sa paire de sabots. Quand elles aperçurent autour d'elles les gosses, qui cherchaient à soutirer sans mot dire, d'un groupe ou d'un autre, la description du scandale, les femmes eurent honte. Elles aidèrent le vieillard à regrouper ses élèves et à les ramener dans l'école. Puis elles se dispersèrent. Deux ou trois suivaient lentement la famille Gourvennec, approuvant tout ce que disait la mère, qui donnait le bras à ses deux filles. Ce n'était pas joli ce qui s'était passé, – oh non ! ce n'était pas joli. C'était triste ce qui s'était passé, – oh oui ! c'était triste.

— Et Lisette Le Bihan que tu as oubliée ! rappelait Jeannie, la fille aînée.

— Oui, c'est vrai, je l'ai oubliée.

— Elle ne perdra rien pour attendre ! continua Jeannie, aux yeux de laquelle sa mère venait de montrer une belle conduite et qui était pour les situations nettes.

— Oh ! laissons-la tranquille. Elle est plus bête que méchante.

— Oui, ça c'est vrai, elle est plus bête que méchante..., approuvaient les femmes qui suivaient la tribu...

Scolastique retournait chez elle, seule, fière encore. Elle entendit qu'on courait et, dans la crainte que ce ne fût sa cousine qui voulût la rattraper et lui dire de bonnes paroles, elle se mit à courir elle-même...

— Comment, ta coiffe est...

La mère ne put achever – déjà Scolastique pleurait à chaudes larmes. Elle racontait tout. La mère Kernéis parlait de sortir nu-tête, telle qu'elle était, et d'aller gifler la mère Gourvennec, une vieille folle qui se mêlait de battre les enfants des autres, une femme de pêcheur qui se croyait on ne sait pas qui, une effrontée, une païenne. Parce que Thomas répondait la messe et disait en latin quelques mots de suite, la mère Gourvennec s'imaginait être quelqu'un d'extraordinaire comme si elle avait accouché du tonnerre en personne ou du roi de France. Deux bonnes gifles, quatre bonnes gifles, voilà ce qu'elle méritait ! Scolastique, en s'agrippant au corsage de sa mère, réussit à l'empêcher de sortir.

Il y eut une bagarre, au cours de laquelle elle reçut de nouvelles gifles, mais elle tint bon.

— Qu'est-ce que c'est que ces enfants-là ? criait la mère Kernéis. Ça ne te regarde pas ce que je vais faire dehors. C'est un compte à moi que j'ai à régler avec quelqu'un… À la fin, je t'enverrai des coups ! Allons, laisse-moi. J'ai envie d'aller sur le sable, tu ne vas tout de même pas m'empêcher d'aller sur le sable !…

Au bout du compte, la mère et la fille sortirent ensemble. Elles prétendaient chercher du bois le long des grèves, sur la laisse de haute mer. Depuis belle lurette tout avait été pillé et repillé. Comme elles ne voulaient pas que leur sortie eût l'air tout à fait inutile, elles ramassèrent des bernicles. Les barques des hommes commençaient à revenir.

XI

Bien que chaque homme apprît sur les événements la version particulière de sa femme, ils se trouvèrent tous d'accord entre eux pour les déplorer et incriminer la stupidité féminine, qui ne rêve que du désordre. Beaucoup se turent devant leurs femmes, soit qu'ils eussent peur d'elles, soit qu'ils eussent besoin d'un autre homme pour les aider à prendre conscience de leur opinion ; mais tous, ceux qui portaient les jupes aussi bien que ceux qui menaient leur ménage tambour battant, tous pensaient : « C'est la faute des femmes ! » Les hommes ne pouvaient pas avoir le dos tourné sans qu'aussitôt – pan ! pan ! – les gifles pleuvaient, l'île entière sentait la bataille.

Les coups, c'était très beau. Il y avait des gens dont les trognes appelaient les coups et, quand on cognait dessus, ça faisait du bien aux doigts, aux bras, au sang. Dieu avait donné des bras aux hommes entre autres pour se battre, pour frapper leurs ennemis comme la grêle tape les vitres, pour les enlacer, les étouffer dans un effort décisif et les pousser par terre, usés, vidés, finis…

Dans les villages du continent, les hommes avaient des cultures, des champs, des prairies, ils pouvaient s'isoler les uns des autres et jouer à farauds-farouches et à méprisants-farauds ; ici, les pêcheurs étaient tous tassés les uns sur les autres et la moindre dispute entre deux familles finissait par compromettre toute l'île. Si, sous prétexte que les coups c'était beau et que c'était amusant de voir deux hommes vigoureux ou deux femmes maladroites se porter des coups, on laissait les disputes se produire et s'envenimer, on n'en aurait jamais fini.

Est-ce que tout le monde, ici, n'était pas plus ou moins cousin ? Est-ce qu'on ne sortait pas tous de la même souche, d'un homme et d'une femme qui s'étaient unis l'un à l'autre, non dans un lit clos – car les hommes n'avaient pas toujours connu les moyens faciles de la vie moderne, – mais dans une grotte ? Si on voulait se disputer, les occasions pleuvaient ! On se disputait assez avec la misère, avec le manque de bois, le manque d'eau, le manque de pain, le manque de laine – ne donnerait-on pas souvent mille poissons pour un verre d'eau, cent homards pour un verre de lait ou une peau de mouton ; on se disputait assez avec la mer, les courants, les vagues, les poissons, le goudron qui s'en va, la voile qui se déchire, le bois qui rabote un caillou ! Est-ce qu'une tempête contre l'île ne valait pas une charretée de disputes, quand la nuit poissait le ciel, noire comme une moule, et que les vagues en ribote hurlaient autour de l'île, convoquant l'île dans le tintamarre, s'étonnant de son silence, la raillant, la frappant, l'appelant chienne, lui crachant dessus, giclant, beuglant, sifflant, se glissant dans le port, griffant les barques de leurs mains tournoyantes, déliant les chaînes. Et, demain matin, la mer serait toujours le même champ de bataille confus où lutte une piétaille, homme par homme, poitrine contre poitrine, toujours la même plaine de combat où il faut foncer et heurter de face – et la nuit viendrait sans qu'elle se fût calmée ; et demain encore, après une nuit de hurlements, de glapissements et de coups, la mer serait la même fosse ardente, la même inextricable mêlée d'embruns et de paquets de mer, le même frissonnement terrible et continu au-dessus des abîmes – et toute la nuit des averses et des coups de vent se succéderaient sur l'île ; et demain, quand le ciel déteint signifierait le jour, l'on ne verrait plus la terre, ce serait comme si on fuyait avec les ancres, d'un moment à l'autre on allait basculer dans la mer.

Jolie dispute, ma foi, que celle de l'île avec la mer, et qui valait toutes celles d'une mère Gourvennec avec une mère Kernéis, ou d'une mère Guichaoua avec une mère Maguérès ! Depuis le début des temps, l'île ne menait-elle pas contre la mer un gigantesque procès de mitoyenneté, de quoi faire pâlir toutes les pitoyables discussions sur les parcelles et les héritages de l'île ? Est-ce qu'on n'était pas en conflit permanent avec la mer parce qu'on lui bouchait la route des côtes, parce qu'on était en plein dans le chemin du vent ? Il fallait convenir qu'on était joliment placé pour l'ennuyer, cette grande princesse, et que, tout immense que fût son domaine, elle ne possédait pas des biens d'un seul tenant ! On lui gâchait son parc, à cette princesse ! On venait faire du feu au milieu de ses pelouses, préparer la soupe à la barbe de ses gardes ! Les rois de la terre étaient tout heureux quand ils avaient porté à terme une guerre un peu longue. La guerre de Cent ans, la guerre de Trente ans. Ils sortaient ces mots avec orgueil. Ils trouvaient que c'était bien pour une guerre d'avoir duré cent ans, trente ans – heureux les royaumes qui subissent les charges de pareilles guerres, pensaient-ils, ce ne peuvent être que des royaumes forts. La guerre de Cent ans ! La guerre de Trente ans ! Ils rappelaient cela sans cesse, que leur pays avait traversé ces luttes, elles leur semblaient prodigieuses, comme des carpes de deux cents ans, des chênes de cinq siècles !

Que diraient-ils, ces rois de la terre, s'ils pensaient un instant à la guerre sans paix ni trêve que les rivages de leurs royaumes livraient à la mer ? Depuis combien de siècles l'île guerroyait-elle ? Les vieillards de l'île avaient connu leurs pères las de cette guerre perpétuelle, et leurs pères, enfants, avaient connu des vieillards qui ne se souvenaient que d'une lutte féroce avec la mer. La mer mangeait l'île. Eux, ils capturaient les poissons de la mer. Ils s'étaient installés sur le dos de la mer comme des puces sur le dos d'un chien et ils vivaient de sa substance tandis qu'elle cherchait à les abattre. Guerre sans paix ni trêve.

S'il y avait des hommes que ce discours laissait tranquilles et qui le traitaient de songerie, eh bien, pour ces gaillards sans imagination, il existait encore un moyen de se disputer. Un vrai moyen, cette fois. Des disputes contre des torses d'hommes, contre des mâchoires et des sabots d'hommes. Il suffisait de lever la tête et de considérer la pointe du Raz. N'était-ce pas autrement savoureux et poignant de se quereller et de se battre avec les bandits rouges que de chercher une mauvaise dispute à un cousin de l'île ? Les ennemis des îliens, personne n'en connaissait sur l'île, tandis que, sur le continent, les rivages proches en portaient autant que mauvaise graine. Un tas de jaloux sans courage. Ils détestaient l'île où leurs ancêtres avaient eu peur, dans les temps, de se fixer avec leurs femmes et leurs enfants, et qu'ils accusaient de rafler les poissons et les débris des naufrages.

Car, s'il y avait encore des hommes, des difficiles, des capricieux, pour ne pas découvrir dans les batailles avec les bandits rouges de ressources à leurs désirs de lutte, ceux-là possédaient encore un exutoire. Ceux qui se sentaient dans le sang une ardeur, une force, que la vie quotidienne, si rude fût-elle, n'arrivait pas à éteindre, ceux qui, par bouffées, se découvraient de la même race que les goélands, que les goémons et les pieuvres, que les roches glissantes, ceux-là possédaient une merveilleuse aventure. C'était toujours à la mer qu'ils en voulaient, eux aussi, et à son renom de quiétude. Ils se tournaient vers la mer. S'ils provoquaient des morts d'hommes, après tout, ceux qui s'engageaient sur la mer ne savaient-ils pas non plus à quoi s'en tenir ? Les îliens ne faisaient périr ni l'orphelin ni la veuve, mais des garnements de matelots. Autant ceux-là que d'autres. Périssent des Hollandais, des Anglais ou des Nantais plutôt que des îliens. C'était encore une ressource de la mer que le naufrage, besogne et plaisir de chasse et de pêche. Les îliens rabattaient les vaisseaux. Ils les prenaient à la glu de leurs feux. Les navires butaient sur les écueils comme des oiseaux sur les fenêtres éclairées… De telles scènes se produisaient peu de fois dans une vie, mais elles comblaient pour de longues années l'ardeur des cœurs les plus sauvages.

XII

Que décidait l'oncle Lannuzel ?

Plusieurs pêcheurs, séparément, vinrent le trouver ce soir-là et apprendre de lui ce qu'il convenait de faire. Il se grattait la tête. Avant tout, calmer les femmes, leur dire qu'elles s'occupaient de bêtises, que tout cela ne valait pas une goutte de morve. Et si elles demandaient comment s'arrangerait l'histoire ? Les rembarrer, leur répondre qu'elles verraient bien. Les pêcheurs, en s'en allant, se plaignaient qu'on ne pût vivre tranquille et que, désormais, l'installation de Thomas au presbytère fût une chose impossible. « Va-t'en toujours, murmurait l'oncle Lannuzel, toi aussi, tu verras bien ».

Le lendemain, quand sa femme le réveilla, elle fut étonnée de ne pas l'entendre se dresser tout de suite sur son séant. Elle le toucha dans l'ombre et l'interrogea :

— Tu dors, Yves ?

Il ouvrit le lit clos :

— Que non ! Je ne dors pas !... Mais je n'ai pas dormi de toute la nuit... Je suis resté à penser...

Elle attendit respectueusement que son homme voulût bien s'expliquer davantage.

Les pêcheurs, dans le petit matin, remettaient leurs barques à l'eau, rangeaient les paniers, hissaient les voiles. Ils ne s'étaient rien dit de la chose importante. Thomas Gourvennec, Yves Lannuzel, François Guillerm, chacun accomplissait sa besogne. Sous la trame usée du ciel gris, l'aube s'efforçait de poindre au-dessus de l'horizon, qui luisait faiblement, comme une vieille jupe. La pointe du Raz retrouvait la place où on l'avait vue hier. Il en était des pêcheurs ainsi que de comédiens batteurs de province et qui, pour la millième fois, commencent la première scène du même drame. Les yeux ouverts, et tout en exécutant les gestes requis, ils s'efforçaient de ne pas prendre le travail trop à cœur, de somnoler encore, de se réserver...

L'oncle Lannuzel, le soir, se rendit chez les Gourvennec, où avait lieu une importante veillée d'hommes. La mère Gourvennec et ses filles avaient été priées de déguerpir dans la maison de Corentin. Yves exposa son idée. Personne ni ne l'approuva, ni ne le contredit, mais tout le monde était d'accord avec lui et il le sentit bien. Thomas raconta sa visite au recteur d'Audierne. Il avait fait réclamer un prêtre à l'évêque au nom de l'île tout entière – on ne pourrait l'accuser, s'il s'installait à la cure, d'avoir cherché à s'y fourrer comme un bernard-l'ermite dans un bigorneau. Il accomplissait tout ce qui dépendait de lui pour ne pas rester au poste qu'on lui donnait. Il avait beau savoir répondre la messe, il était pêcheur, et non prêtre… Baissant la voix, il signala que les gens de police, mis au courant par les bandits rouges, soupçonnaient les hommes de Sein d'être pour quelque chose dans les malheurs d'une chaloupe de Nantes. Deux matelots avaient été dépouillés de leurs vêtements et laissés nus sur une grève, où l'un avait succombé au froid.

— Gast ! interrompit François Guillerm, mais je les avais d'abord tirés de l'eau ! Et puis, s'il y en a un qui est mort, c'est qu'il n'était pas assez vigoureux !

L'oncle Lannuzel cligna des yeux vers lui :

— Tu parles trop vite, François ! Tu parles comme si c'était toi qui avais fait le mauvais coup ! Nous savons bien, nous, que ce n'est pas toi… Qu'est-ce que tu en dis, Jules ?

Jules, que la vie n'avait pas encore éprouvé autant que l'oncle Lannuzel, balbutia. Il était incapable de ce flegme.

— Parle plus fort, je n'ai pas entendu ce que tu as dit. À ton idée, est-ce que c'est François qui a volé aux matelots leurs vêtements ?

— Non, ce n'est pas François.

— Tu vois, François, tu parlais trop vite. Nous ne sommes pas des apprentis marins ! Nous savons bien que ce n'est pas un homme de Sein qui ferait la chose dont on nous accuse ! Et le premier qui voudrait dire le contraire, il aurait intérêt à se méfier !

Yves Lannuzel, en compagnie de Scolastique, retourna le lendemain soir chez les Gourvennec. Les ruelles étaient vides, car les hommes avaient défendu à leurs femmes de sortir, mais, derrière chaque fenêtre, quelqu'un guettait. La femme de Lannuzel avait répété dans toute l'île l'opinion de son mari sur Scolastique : « Elle est plus à plaindre qu'à blâmer », et la gent féminine avait mordu là-dedans comme un affamé dans du pain. Les réserves de pitié dont chacune disposait, elle les avait sacrifiées à la jeune fille. Plus à plaindre qu'à blâmer ? La pauvre ! Mais bien sûr ! Était-ce sa faute si elle aimait Thomas Gourvennec, un homme qui donnait le bon exemple à tout le monde, un saint homme, si simple et qui en savait tellement ? Même si elle avait aimé un effronté quelconque, un bandit rouge de la pointe ou un Audierniste coureur de filles, on n'aurait pu dire que ce fût sa faute, et, dans le fait, le modèle des hommes lui prenait le cœur… Dans le crépuscule, à travers les carreaux sales, les femmes s'efforçaient de discerner le visage de Scolastique. Une belle fille, en tout cas ! Grande, les épaules larges…

La réconciliation ne fut pas difficile. La mère Gourvennec se repentait de violences auxquelles, dans son for intérieur, elle accusait les autres femmes de l'avoir poussée ; Scolastique, absolument incapable d'être sincère, qui promettait tout ce qu'on voulait et s'entretenait, en dépit de tous et d'elle-même, dans l'espoir qu'elle venait d'embrasser sa future belle-mère, oubliait les gifles reçues.

— Ma pauvre fille, j'ai eu la main trop leste, s'excusait l'une.

— Mais non, tu as bien fait, répondait l'autre.

Après avoir réconcilié les deux femmes, l'oncle Lannuzel harangua Scolastique. Il avait beau être un homme sensé au possible et qui se débrouillait et débrouillait les autres dans les discussions, l'éloquence n'était pas son fort. Enfin quoi ! Il dit à la jeune fille qu'elle ne devait pas se perdre dans le chagrin. Thomas s'installait au presbytère et c'était un honnête homme, mais enfin quoi ! Thomas n'était pas le seul homme de l'île et Scolastique, jolie, vertueuse, travailleuse, se marierait un jour ou l'autre.

« Écoute bien, Scolastique, écoute bien… » répétait Thomas, lorsque l'oncle Lannuzel bafouillait entre ses phrases. Pour finir, la mère Gourvennec cracha par terre et jura qu'elle marierait Scolastique. Cela devenait une affaire personnelle. Elle y engageait sa réputation.

Cependant que la jeune fille reprenait, avec l'oncle Lannuzel, la route de la maison, les faits de la soirée lui dansaient dans la tête. Elle avait vu et entendu, elle avait touché le seul homme qu'elle aimât. Il lui avait parlé, elle lui avait parlé. Elle se trouvait dans la même pièce que lui, chaude, basse et lourde, et, grands tous les deux, ils s'élevaient au-dessus des autres et manquaient d'atteindre le plafond.

… Le flux de la mer respirait lentement autour de l'île.

TROISIÈME PARTIE

I

Le surlendemain, un dimanche, les îliens se réunirent à l'église comme de coutume et Thomas prit la parole. Il avait passé un surplis de chantre par-dessus ses vêtements et les gens le regardaient avec plaisir – ma foi, on aurait dit un prêtre ou peu s'en faut.

Il raconta toutes sortes d'histoires, dans lesquelles revenait comme un refrain l'expression employée l'autre soir à la veillée, qu'il ne voulait pas « se fourrer dans le presbytère comme un bernard-l'ermite dans un bigorneau ». Il s'installait au presbytère pour rendre service à l'île, les gens le lui demandaient et le nouveau prêtre serait content que la vie religieuse n'eût pas chômé ; qu'on se fût toujours occupé, sérieusement, de la religion.

Il ne pourrait plus pêcher comme auparavant et il lui fallait prévoir des ressources. Fini pour lui de sonner les cloches et de creuser les tombes, finis les petits profits qui s'attachaient à ces emplois. Il recueillait la charge d'une *karabassen* qui l'aiderait – qui lui coûterait aussi. Il était de stricte justice de ne pas le laisser mourir de faim dans le presbytère. Qu'on lui offre des poissons, un peu de tout ce qu'on rapporterait du continent, de l'eau, du sel, des chandelles.

Il ne voulait pas se fourrer au presbytère comme un bemard-l'ermite dans un bigorneau, et, l'autre jour, se trouvant à Audierne, il avait fait écrire une longue lettre à l'évêque pour lui réclamer un prêtre. Un prêtre ne tarderait pas à venir. M Pennanéach n'avait pu que parler favorablement de l'île. Il ne se plaisait pas dans l'île, M. Pennanéach, mais il était le premier à dire que ce n'était pas la faute de l'île. Il fallait tout de même que les îliens, une fois pour toutes, comprissent qu'ils habitaient loin, et une paroisse qui ne ressemblait pas aux paroisses.

Dorénavant, pour mieux se mettre dans la tête les vérités de la religion, le dimanche, entre deux prières, on chanterait le Credo. *Credo in unum Deum omnipotentem factorem cœli et terræ.* C'était peut-être le chant le plus énergique de l'Église. Il y avait tout là-dedans. C'était en latin, mais, puisque l'Église avait choisi le latin, on devait lui obéir. Il suffisait de savoir qu'il y avait là-dedans exactement tout le contenu du « Je crois en Dieu… »

Des impies du continent, de malhonnêtes gens, racontaient que des hommes de Sein, l'autre jour, avaient volé leurs vêtements à deux marins qu'ils tiraient de l'eau. Un des marins, bien frileux pour un marin, était mort sur la grève. Était-ce Dieu possible qu'on les accusât de ce mauvais coup ? Prendre leurs vêtements à des morts, des vêtements qui sont faits pour servir et qu'il serait sot de mettre dans la terre, les îliens s'en connaissaient le droit. Les noyés, si on les consultait et qu'ils pussent répondre, seraient heureux de voir leurs vêtements sur d'autres corps. Mais prendre leurs vêtements à des naufragés... Il fallait vraiment que les hommes fussent bien méchants. Et plus méchants encore ceux-là qui mettaient la chose sur le dos de l'île. Bien que Thomas parlât dans une église, il ne s'empêcherait pas de lancer à des gens certaines vérités. Aux gens qui avaient commencé, aux gens qui attaquaient l'île. Les bandits rouges de la Pointe, tous les ans, une ferme brûlait sur leur territoire sans qu'on eût jamais arrêté le coupable ! Tous les ans l'un d'entre eux prenait un coup de couteau avec son meilleur camarade. De belles gens, vraiment, et qui faisaient honneur au diocèse. Qu'ils missent de l'ordre chez eux avant de regarder chez le voisin. Les îliens étaient les maîtres de leur île. Ils étaient déjà trop bons de laisser les autres pêcher dans leurs parages... Qu'on ne les prenne pas pour des imbéciles ! Si l'on continuait à les calomnier, ils défendraient aux pêcheurs du continent de venir leur enlever des poissons...

Au sujet du poisson, il serait bon que les îliens s'entendent, sinon il ne pourrait s'organiser. Il aurait des jours de vaches grasses et des jours de vaches maigres. Il s'agissait de leur permettre, à lui et à sa *karabassen,* de manger un peu de poisson tous les jours de pêche.

Pour l'histoire de la Pointe, les gens de police se croiraient peut-être obligés de faire un tour dans l'île. On ne savait jamais avec ces gens de police, mais le devoir de l'île était bien net : ne rien dire, supporter les bonshommes ; quand ils en auraient assez, ils partiraient...

II

Les îliens se réjouissaient que l'un des leurs se fût fixé au presbytère. Leur vie désormais, croyaient-ils, serait plus nette.

Quand Thomas rencontrait ses camarades, ils affectaient pour lui, en riant, un vif respect : « Bonjour, monsieur Thomas… Te voilà devenu une importance ! Tu n'as pas honte de nous ? » Ils attendaient qu'il leur offrît la main.

Le pêcheur, cependant, traversait une crise. Pour lui au moins la situation n'était pas claire et ce ne seraient pas quelques pauvres phrases, prononcées dans l'église le premier dimanche après son installation, qui la rendraient plus simple. Il lui semblait qu'il s'était sacrifié pour les autres et qu'il prenait sur ses épaules toutes les existences de l'île. On le traitait en victime. Quelle sottise ç'avait été pour lui de se plaire aux odeurs d'église, d'aimer les phrases d'église… On exploitait sa piété, sa science des prières. On se déchargeait sur lui du soin d'aimer Dieu et d'attirer des grâces sur l'île.

Il n'était plus pêcheur, il n'était pas curé. Il jouait le rôle d'une vieille femme pieuse, d'une grande *karabassen.* Parfois il retournait en mer sur une barque, mais il était tenu à ne pas favoriser les siens et il sortait chaque fois avec des compagnons différents. En mer, personne ne le plaisantait plus. On lui donnait le travail le moins difficile, les biscuits les moins détériorés, il ne rentrait plus avec ces fatigues hallucinantes qui encombraient le corps, dans les pieds, dans les bras, dans les fesses, dans les côtes, et qui lassaient le regard ; quand il descendait sur la grève après la pêche, il eût été capable de faire en courant le tour de l'île.

La *karabassen*, au début, l'avait considéré comme son bien et avait cherché à établir sur lui l'autorité jalouse dont M. Pennanéach avait su se délivrer. Qu'il mangeât tout seul ? Jamais de la vie. Ce serait trop triste. Elle ne s'accoutumait pas à l'idée de servir un pêcheur, un gaillard qui, hier encore, ne mangeait qu'à la bonne franquette, debout dans la pièce familiale, ou assis dans la barque. Elle lui dressa son écuelle dans la cuisine. Les repas furent interminables. Thomas expédiait la nourriture, mais la *karabassen* s'arrangeait pour prolonger la fête en cuisinant de petits plats, en préparant tout à coup de petits suppléments qui demandaient à mijoter et que l'autre avalait enfin, énervé d'attendre, abasourdi de tant d'histoires pour la nourriture, et une nourriture féminine qui ne bouchait pas les dents et ne calait pas l'intérieur... Entre-temps, la servante s'efforçait d'animer la conversation. Elle parlait de M. Pennanéach. Un saint homme. Un saint homme qui ne disait jamais un mot plus haut que l'autre. Un saint homme qui n'était jamais en retard. Qui ne calottait jamais les enfants de chœur. Ou alors ils le méritaient. Il aurait donné sa chemise aux pauvres. C'était curieux qu'il restât des affaires dans le presbytère. Évidemment, elle cachait le plus possible... Elle riait... Elle enfouissait dans la terre des plats, des vêtements. S'il avait eu un défaut, il aurait été un peu douillet ? Quel honnête homme ! Quel bien de penser qu'il existait des hommes de cette trempe !...

À ce point du discours, Thomas, qui avait écouté jusqu'ici d'une oreille distraite, se laissait prendre et songeait à part soi qu'en effet M. Pennanéach était un bon prêtre et qu'il fallait de tels hommes sur la terre pour encourager les autres. La servante soupirait. Ah oui ! Des sauvages comme les habitants de Sein, ils auraient été trop malheureux s'ils avaient pu croire que le monde entier ne portait que des sauvages comme eux. Et puis ils auraient quitté la religion. Grâce à des messieurs Pennanéach, l'île restait chrétienne. « Très bien, songeait Thomas, je vais m'occuper de l'île. Je connais mon devoir… » La *karabassen* relevait la tête. Ce n'était pas le tout ! Elle lui demandait : « Tu vas être garçon comme ça tout le temps ? » Elle, elle ne s'était jamais mariée ; dans sa jeunesse, trop grande et trop maigre, elle manquait de charme ; elle semblait désormais embellir, elle avait gagné du corps, elle rapetissait galamment, un bizarre petit sourire, fouineur et vivace, lui plissait ses lèvres minces. Elle se trouvait heureuse. Elle pouvait mourir d'un jour à l'autre, elle avait préparé son discours au bon Dieu. Enfin, comme il y a toujours un petit quelque chose qui vous gâche la vie, elle serait parfaitement heureuse si Thomas se remariait. Elle racontait qu'il avait toujours été son préféré dans l'île, après ses parents. Elle aimait Thomas comme son fils, elle aimerait ses enfants comme de petits-enfants. Les hommes n'avaient pas le droit de rester veufs. Assez d'hommes se noyaient ou mouraient de mort violente pour que trop de filles, déjà, fussent condamnées à se passer de mariage. Que le pêcheur se décide. Il avait bien été heureux, n'est-ce pas, pendant son mariage ? Catherine Jaouen… mais il avait épousé un cœur d'or !

Thomas répondait par monosyllabes. Allons bon, quand il se figurait appelé par la vie religieuse, cette vieille femme lui agitait des mariages sous le nez ! Que faire ? Que ne pas faire ? L'oncle Lannuzel et les autres ne l'avaient pas installé dans le presbytère, bien sûr, pour qu'il postulât au grade de père de famille, comme cela, tout de suite ! La *karabassen* allait de l'avant, piétinant les scrupules, ne s'occupant que d'assener sur son interlocuteur un long discours, une suite de phrases, l'empêchant de reprendre pied. Qu'il se marie le plus vite possible. Le presbytère est assez grand pour y loger une femme et une ribambelle de gosses, ce n'est pas la place qui manque ! Quelle bonne vie ce serait ! Il s'occuperait de l'église avec sa femme, il organiserait des réunions de femmes au presbytère, les femmes veilleraient sur leurs maris pour qu'ils soient honnêtes, pour qu'ils viennent bien à l'église.

Entre un éloge de M. Pennanéach et un éloge du mariage, le pêcheur ne savait plus où se fourrer. Encore s'estimait-il heureux que la servante ne lui tirât point les vers du nez à propos de Scolastique. Elle avait essayé, il l'avait rembarrée aussitôt, elle se le tenait pour dit. Elle ne glissait même pas une allusion, un sous-entendu… C'était vrai que la cure pouvait contenir du monde. Elle avait beau sentir le prêtre, elle ferait une maison de famille. Elle sentait le prêtre parce qu'elle était à peu près vide, parce que les murs, peints à la chaux, portaient des crucifix et des images pieuses, mais, une fois peuplée de gosses, traversée par des odeurs de linge et de cuisine et des bruits de voix, ce serait une vraie maison de famille pieuse. Il y avait de la place là-dedans pour une quinzaine d'enfants.

Thomas, la nuit, se trouvait bien seul. Le veuvage ne lui pesait pas ainsi dans la maison de ses parents, quand il s'endormait dans le lit clos qu'il partageait avec son jeune frère, au-dessus du lit clos où couchaient ses deux sœurs, et que la vie semblait une chose épaisse et sereine, une chose de plusieurs, une chose vieille et tranquille, sans aucun avenir, mais avec un passé riche et monotone qui culminait dans un présent sûr. Maintenant il s'agissait de vivre par soi-même, de construire la vie. Le lit clos de M. Pennanéach, un vieux lit clos vermoulu et qui craquait comme un navire, tantôt sous un mouvement du corps, tantôt de sa propre impulsion, lui apparaissait comme un lit tout neuf, un redoutable lit moderne. La vie de chaque homme n'est pas un fragment de terre familiale, indissolublement lié à la glèbe commune, soumis aux mêmes secousses et aux mêmes intempéries que les mottes voisines, la vie d'un homme est une île lointaine, où l'on n'accède qu'après une traversée, plus ou moins périlleuse…

Ainsi le pêcheur, sous l'effet de sa tristesse, comprenait mieux qu'auparavant, et mieux que les habitants de l'île, blottis sur leurs existences, le caractère unique de la paroisse dont il avait la garde. Une île au bout du monde. Une île solitaire. Une île qui sombrerait dans la folie si les habitants ne s'y enchaînaient les uns aux autres par des habitudes chrétiennes, communes à tous.

L'instant d'après, le problème devenait bien creux et sonore s'il avait le malheur de penser à Scolastique, triste là-bas dans la maison des siens, qui ne dormait pas. Ne connaissant pas la tristesse, aujourd'hui qu'il la rencontrait, il se prenait en pitié. Un homme triste méritait quelques égards, il ne possède pas le lot qui lui revient. Et, se prenant en pitié, il prenait en pitié les autres, ceux qu'il avait affligés. Il devinait tout à coup la souffrance de Scolastique. Elle souffrait de lui, lui ne souffrait pas d'elle ; cependant tous deux souffraient d'une absence, d'une vie incomplète. S'il ne souffrait pas d'elle, cependant elle le consolerait aussi bien de sa souffrance que lui de la sienne. Quelle tentation ! Tous deux seuls et tristes, à cette heure de la nuit, il suffisait de les réunir dans le lit clos de M. Pennanéach pour que la jeune fille fût heureuse et pour que lui fût consolé.

Il comprenait bien aussi, tout à coup, la souffrance de M. Pennanéach et ce lit où le prêtre avait sué, pleuré peut-être, où il s'était ennuyé de sa terre, de son continent avec les maisons coutumières, les arbres, enfin, les arbres avec leurs feuilles et leurs troncs et leurs branches, les coiffes, les coiffes blanches des villages, les vaches, les mille chapelles de granit disséminées dans la lande ou dans les bosquets de hêtres. Le redoutable lit moderne lui signifiait qu'il restait beaucoup à connaître, et dans tous les domaines. Ah ! M. Pennanéach avait eu raison de regagner la terre, dès qu'il avait senti que l'effort lui coûtait trop.

Lui, Thomas Gourvennec, il ne disposait d'aucune terre où il pût se retirer en cas d'échec. Jamais il n'oserait regagner sa famille… Dieu fasse donc qu'un prêtre arrive bientôt dans l'île et relève Thomas avant qu'il succombe. Que cette tristesse des nuits solitaires ne dure pas.

Au rez-de-chaussée dort la *karabassen*. Louise est une vieille figure familière, liée à tous les souvenirs des prêtres et de l'église, mais, depuis que la servante tient ces discours bizarres où elle passe d'un éloge du sacerdoce à un éloge du mariage, le pêcheur se méfie d'elle. Il la juge stupide, un peu folle – quelquefois même il la juge une bête dangereuse. Elle trouble sa vie. Pourquoi ainsi, toujours, parler des femmes à un homme ? Cela ne fait pas plaisir à Thomas de se dire que la *karabassen,* à cette heure, dort au rez-de-chaussée. Elle aussi, il pourrait sans doute l'appeler sa tante comme une autre, mais il ne sent pas, vraiment, qu'elle appartienne aux siens, cette lourde carcasse que les hommes d'Église ont négligée. L'île ne saurait manquer de flair pour ces choses-là. Elle a compris que ce n'était pas avec cette femme qu'il fallait foutre des descendants, faire la fine fleur des îliens.

Chez les Cozic, ce soir, il y a veillée. Interdit à Thomas de galvauder dans les réunions. Jadis il ne savait pas qu'il les aimait tellement ; aujourd'hui il se rappelle la chaleur touffue des pièces, l'odeur des vêtements et des corps, le bruit des flammes, les phrases lentes du conteur, les silences, les ébahissements et les rires, les chansons mélancoliques.

Une petite pluie tombe, puis se tait. N'est-ce que la suite du beau temps ou serait-ce l'indice que la saison tourne ? Peut-être un feu flambe-t-il sur un des rivages de l'île.

III

La cure est une maison de l'île, et, si elle porte des crucifix sur les murs et des images de piété, elle contient mille objets qui proviennent de naufrages, et quelques-uns des crucifix, la plupart des images de piété, ont orné des navires. Pas un chandelier qui n'ait été fourni, gratuitement, par une tempête. Les plus belles écuelles ont été prises sur un vaisseau hollandais ; les chenets, de lourdes pièces, sur un vaisseau anglais dont le capitaine, une tête folle, avait arrangé à son bord un âtre fictif. Les meubles eux-mêmes, à l'exception des lits clos, ont été débarqués sur l'île à la manière forte. La *karabassen*, une fois pour toutes, sait que la grande table de chêne massif qui occupe la cuisine a été sortie d'un bateau échoué ? lequel ? elle n'en sait pas plus long. Il y a dans la cour un tonneau de vin qu'une marée apporta sur la pointe sud de l'île, où trois femmes furent les premières à le découvrir. Elles le roulèrent jusque dans l'entrée du presbytère et, ensuite seulement, lancèrent l'idée de l'offrir à M. Pennanéach, qui bouclait la dixième année de son séjour. Bien que l'on vive tous les uns sur les autres, personne ne put savoir si les femmes avaient été battues par leurs maris. Évidemment, si des hommes avaient trouvé le tonneau, le recteur eût toujours été un très respectable recteur, mais il n'aurait pas mis le grappin, d'un coup, sur tant de richesses.

Pas une lampe, non plus, pas une lanterne, qui n'aient brillé sur des vaisseaux jusqu'au jour où ces imprudents heurtèrent des écueils. Et toutes ces pipes, ces pots d'étain, ces draps dans les armoires, ces armoires qui contiennent les draps, ce christ d'ivoire aux deux mains cassées, cet autre christ qui grimace si vilainement, cette image que l'humidité a souillée de taches noires comme l'aurait fait une main sale, et qui représente les rois Mages, tous ils viennent de la mer…

Ce décor, en plein jour, tient chaud au cœur et, entre les repas et les volubiles incitations à la tristesse dont Louise se rend coupable, Thomas prend plaisir à le connaître. Et, tant qu'elle frotte, lave ou fait reluire, la servante est supportable. La présence d'un homme dans la maison la ragaillardit. Quand elle était toute seule, elle ne suffisait pas à la besogne, elle n'arrivait pas à combattre la poussière ni la rouille. Maintenant, rien ne lui résiste. Elle trouve le moyen de nettoyer toutes les nièces et de préparer le manger d'un homme. Comme du temps de M. Pennanéach. Dans un autre lieu encore, Thomas Gourvennec est heureux – dans l'église. Il ne doute pas d'en être le gérant ; il la possède au même titre qu'un prêtre qui, lui non plus, ne la possède pas en propre, mais doit la transmettre à un successeur. Il s'impose chaque jour une heure de méditation, agenouillé sur les dalles, les mains jointes, mais cela lui coûte. Une fois qu'il a dit ses prières et demandé à Dieu de l'éclairer, il peut rester sur les dalles ; sa pensée se sauve et il ne se soucie plus de religion. Il aime flâner dans l'église, y entrer à n'importe quelle heure, pousser le catafalque, rétablir la symétrie des cierges, saluer des femmes. Les premiers temps, Scolastique le gênait – il la rencontrait sans cesse dans l'église. Il résolut de débrider l'abcès. Il lui frappa sur l'épaule et lui conseilla moins de prières. Si elle voulait absolument prier, qu'elle priât chez elle. Elle se défendit, il la morigéna, la menaçant de lui interdire l'église. Il ne tenait pas à la voir s'abîmer la santé. Dans l'espoir qu'à la porte il lui offrirait de l'eau bénite et que leurs mains se toucheraient, elle accepta de sortir, mais il se signa sans s'occuper d'elle...

Thomas, une fois le temps, invite l'oncle Lannuzel, le soir, à manger avec lui. Il n'ose inviter sa propre famille, de peur qu'on ne prétende qu'il la favorise et, d'autre part, l'oncle Lannuzel lui donne de précieux avis. La *karabassen,* ces jours-là, mange toute seule dans la cuisine et leur apporte la nourriture dans une autre pièce. Une fois, ils décidèrent de goûter le vin du tonneau, que la servante leur assurait devoir être aux trois quarts plein. Quand ils le débondèrent, de l'eau coula. Louise était formelle : M. Pennanéach n'avait pas eu le temps de piquer beaucoup au tonneau et, sans les fêtes de son départ, c'est à peine s'il l'eût entamé. Les deux hommes s'emportèrent. Yves Lannuzel, perdant son sang-froid, hurla des injures à la *karabassen* et parla de lui brûler la plante des pieds pour qu'elle avouât son crime. Il se calma tout de même et, quand Thomas lui demanda s'il devait signaler le vol dans le sermon du dimanche suivant, il déclara qu'il valait mieux s'abstenir. C'était une sale histoire et, en secret, on tâcherait d'apprendre qui avait fait cela, mais les voleurs ne manquaient pas d'excuses. On ne pouvait pas dire nettement que ce fût du vin volé à l'église. C'était du vin de l'île puisqu'il était venu à la côte, et personne n'élèverait là-dessus le moindre doute. Seulement les femmes avaient forcé la main à leurs maris en commençant par rouler le tonneau jusque dans l'entrée du presbytère. À partir de ce moment on sortait de la légalité. Les femmes ne possédaient pas le droit de propriété, le tonneau ne leur appartenait pas, il appartenait à leurs maris. Ensuite, les voleurs pouvaient prétendre qu'ils empêchaient le vin de se perdre. Savait-on jamais quand l'évêque nommerait un autre prêtre ? Et le tonneau resterait-il à croupir ?

Des îliens et, en moins grand nombre, des îliennes s'habituaient à venir consulter le pêcheur. Ils venaient simplement se débonder, exposer d'une seule traite ce qui les chagrinait ou leur souciait, Thomas ne donnant son avis qu'avec une extrême prudence et seulement si on le sollicitait. On savait trop que du jour au lendemain il ne s'improviserait ni éducateur ni juge pour qu'il osât trancher dans ces problèmes de vie personnelle. Il écoutait sagement. Il apprenait son île. Petite et chrétienne, elle était aussi découpée dans le domaine des âmes que dans ses rivages. Personne n'y ressemblait à personne. Les familles que l'on croyait les plus unies et qui formaient de loin un tout lisse et compact s'ouvraient sur de grandes baies secrètes, sur des anses dissimulées et pleines de vase…

Une ou deux fois par semaine, il se sauvait à Audierne, de bonne heure, sur une des barques chargées du ravitaillement de l'île. Le sabotier quittait son travail et le faisait lire ou écrire. Thomas accomplissait des progrès. Il lui arrivait de ne retourner à Sein que le lendemain après-midi et, entre-temps, il aidait le sabotier dans sa besogne. Le matin, il se rendait à la première messe, où son hôte, heureux de bavarder ensuite avec lui sur la religion et la façon dont les prêtres disaient leur messe, ne manquait pas de l'accompagner. Son érudition éblouissait Thomas, auquel le silence vis-à-vis des raisons qui le poussaient à s'instruire coûtait de plus en plus. Il se sentait le collègue fidèle d'un homme qui avait failli entrer dans les ordres et qui ne laissait pas de toujours vénérer l'Église.

Le recteur d'Audierne, chez lequel il se présenta un jour, le reçut froidement. Il s'impatientait trop vite ! Monseigneur avait tellement de soucis ! Sein n'était qu'une minuscule paroisse et pas tellement chrétienne ! Des naufrageurs, des dépouilleurs de matelots ! L'autre, sur le mode ironique, ne résista pas à montrer son mécontentement. Si l'île n'était pas chrétienne, qu'on vienne l'évangéliser au lieu d'envoyer des missionnaires dans les Indes ! Des missionnaires et des gendarmes, répondit le recteur, il en partira pour l'île de Sein. Des vicaires avec des bicornes et des sabres, c'est ce qu'il lui faut.

IV

On était au fond des mois noirs. De courtes tempêtes levaient la mer, blanchissaient au loin la pointe du Raz, empêchaient les barques de sortir. Ce n'était pas tellement mélancolique et la différence entre les saisons, toute nette qu'elle demeurât, ne possédait pas ici la violence du continent. À la marée basse, les rivages fleurissaient de goémon : les assises de couleurs, marquées comme dans un arc-en-ciel ou sur le flanc d'une barque, se détachaient, régulières encore, galets d'un gris sec, laisse de mer bai brun ou noir sombre, galets mouillés jaune pâle, gris avec des reflets, sable terne, rochers jaune velours, vert brun, noir et or. Dès que se montrait le soleil, paillettes, irisations et rutilances éclataient, jaillissaient sur le sable et sur les pierres, les trous d'eau reflétaient le ciel. Le témoignage des arbres nus et des éteules manquait sur la dune, plus rase et défleurie, pour signifier l'hiver... Mais il restait le vent. Le vent, aiguisé par le froid, le vent neuf de l'hiver, empêchait qu'on se trompât sur la douceur relative des journées. Ses longues branches s'étiraient soudain, tout un verger glacial bondissait dans le ciel, les pétales du vent flagellaient le visage, réclamaient l'acquiescement du nez, de la bouche, de la poitrine ; ululant, sifflant de rage, c'était tout un champ de vent qui dégringolait par l'espace, avec tiges, racines et fleurs, le vent se ruait sur les obstacles comme s'il entreprît de s'y planter, d'y déposer ses œufs bruyants et larges. Il balayait la mer, la mer occupée à exécuter les disciplines générales, et comme régulières, de la tempête, et qui devait encore accomplir les sautes à l'instant même, sans un délai pour réfléchir. Elle se creusait davantage ou bien se courbait, les crêtes déferlaient plus vives, les embruns, enfants du désespoir, s'éparpillaient et voltigeaient. Un nuage de mer fuyait sur la mer en attendant qu'une averse l'abattît et fît fumer les vagues sous les longues pattes dures de ses gouttes...

Il restait la nuit. La lumière, de plus en plus chiche, de plus en plus grise, et toujours prête à se laisser anéantir par les nuages, n'était plus un appui ni une nourriture, et l'île se hâtait de plonger dans les ténèbres – où les redoutables desseins de la mer contre elle pouvaient choisir leur heure. Chaque îlien eût dû se tenir aux aguets. C'était le temps des sombres manigances ; pourquoi la mer, afin de bien marquer la période hivernale, n'engloutirait-elle pas, de nuit, la moitié de l'île ? Le jour, déjà, les formes se brouillaient. Dans la mauvaise perspective les récifs et les zones blanches des écueils tendaient à se confondre avec la mer, comme si les grands ennemis des barques voulaient se dissimuler dans la mer ou confier leurs intérêts à la mer, qu'ils sentaient plus apte qu'eux à torturer les hommes. Les tempêtes secrètes, les révolutions de palais qui agitaient les fonds, dispersant au loin les roches, les tourbes goémoneuses, les sables durs, ces destructions maniaques et ces interversions de pitons et de creux, ces coups de folie qui se faisaient sentir dans le port même, où en une nuit une zone de sable se creusait et se transformait en une zone de gravier friable et semé de cailloux, aussi bien que le long des rivages où un surplomb argileux s'éboulait dans la grève, où des rochers étaient projetés sur la dune, on ne savait ni pourquoi ni comment, – ces forces extraordinaires, terribles quand elles se mouvaient dans le caprice des choses, ne seraient-elles pas plus terribles si elles recevaient une fois un programme à suivre, une œuvre à mener jusqu'au bout ? Par exemple, l'anéantissement de l'île ?

Les îliens les plus sauvages pouvaient dompter leurs craintes et chercher à utiliser les tempêtes, d'abord ils craignaient, d'abord ils étaient pleins d'effroi. Et dans la cruauté qui les mènerait peut-être, une nuit, à organiser ou à exploiter un naufrage, entrait pour une bonne part le sentiment d'une vengeance, le sentiment qu'ils exerçaient une justice. Ils ne se vengeaient pas sur cela même qui leur nuisait ou voulait leur nuire. Ils se vengeaient de la mer sur les hommes, pauvres inconnus téméraires dans leurs coques de noix, pauvres plombs humains inadaptés à la légèreté des vagues ; mais comme la vie, c'était alors le tohu-bohu et le triomphe du désordre et du bruit, il s'agissait de rendre coup pour coup – peu importait qu'on le rendît à un autre que le frappeur.

Pour obéir à leur génie, à leurs habitudes, à leur besoin de travail, les hommes sortaient en mer dès que le vent baissait un peu et, même quand ils ne sortaient pas, ils pouvaient pêcher encore, dans les criques tumultueuses. Des cordages tendus d'un cap à l'autre et serrés autour des roches, pendaient des lignes où s'accrochaient encore les poissons. Quelle jouissance, du fond de la tempête, du fond de cette informe folie qui se communique de la mer aux anses et promène un flot hagard et sombre à battre le granit, quelle jouissance de retirer de là un mulet harmonieux et sage, dont le coup de queue n'a rien d'aveugle, diamant inespéré hors de ce ruisseau immense, métal pur hors de la mine noyée par les eaux ! D'office, les belles prises de ces mauvais jours partaient pour le presbytère, et les objurgations de Thomas n'y faisaient rien. On craignait trop qu'il ne manquât de poisson, et les pêcheurs comptaient plus sur eux-mêmes que sur les camarades pour satisfaire à ses besoins de nourriture. Chaque après-midi, c'était un peu la même cohue : Thomas envoyait la *karabassen* porter aux familles les plus nombreuses ces poissons qui allaient se perdre et, malgré lui, il gagnait sur tous les tableaux. Quand il acceptait le poisson d'un îlien, il était remercié pour l'honneur et la joie qu'il accordait au donateur, et ce même poisson, qu'il offrait plus tard à une famille de l'île, lui valait encore toutes sortes de bénédictions. On avait l'air de le considérer comme le propriétaire de l'île. Il grognait contre l'afflux des poissons à la cure et, au fond de lui-même, il applaudissait cette paroisse chrétienne, à laquelle il pensait que beaucoup de péchés seraient remis.

Les jours où l'état de la mer interdisait aux barques de sortir, les hommes attrapaient les oiseaux. Il y eut cette année-là de grandes passées de bécasses et de judelles, qui détournèrent, même, quelques enragés pêcheurs, par temps calme, de prendre la mer. C'était aussi une proie tellement excitante ! Avec eux on n'assistait pas seulement à l'agonie, mais à tous les signes avant-coureurs de la faute mortelle. Aux précautions inutiles, aux gonflements du cou, aux prudences de la patte, aux regards. Un matin de neige, alors que l'île se réveillait, toute blanche, et n'osait pas se réjouir d'un spectacle nouveau devant cette preuve indubitable de la puissance de la nuit, l'île entière pécha les bécasses. Il suffisait de se blottir derrière une pierre et de surveiller la ligne, dont l'hameçon portait un vague morceau d'entraille. L'oiseau, après un délai obligatoire d'hésitations, des saccades timides qui se changeaient en saccades orgueilleuses, mordait goulûment sur l'appât et se perçait le bec… Par-ci par-là, se produisaient des captures moins communes, un canard sauvage, sur un récif, par Joseph Kernéis, l'aîné de Maria, deux mouettes dans la même journée, à coups d'aviron, par le mari de

Lisette Le Bihan, un escogriffe adroit comme un singe. Chaque semaine, un grand oiseau blessé, une mouette ou un corbeau, venant du large ou de la terre, se faisait prendre.

Avec tout cela, l'île ne péchait pas toujours à sa suffisance et ce n'était pas deux ou trois mulets ni deux ou trois judelles qui pouvaient assouvir, par mauvais temps, les appétits de l'île, riche en jeunes hommes et en gosses dont l'estomac réclamait sa pitance, et qui le faisaient savoir. Il fallait vivre sur les réserves de l'été, les biscuits, le lieu séché, racorni et jauni, le maquereau en saumure ; il fallait ramasser en hâte, sous la pluie battante, avant le crépuscule, des bernicles, des moules de rien, des bigorneaux, des gobis, des crabes, pour se constituer, dans force eau du ciel, une soupe trop claire et coliqueuse. Quand la marée descendait loin, les praires, les coques, les palourdes agrémentaient le repas – mais ce n'était encore, tout de même que les couteaux, les ormeaux ou les pisse-en-l'air, qu'une chair qui ne tenait pas le ventre, une pâtisserie de mer, creuse et frivole. Ah ! ce n'était pas tous les jours que se dégustait une solide mouette, brûlante et dégoulinante d'eau bien salée, ou un navet, richesse de la demeure, enlevé du tas après quels calculs !

Alors de mauvais sentiments attaquaient l'homme, des jalousies envers d'autres îliens, des jalousies envers le continent, envers les « plouks »[1], attachés à leur sol et à leurs seigneurs, mais qui réussissaient toujours, l'un

1. *Plouk* est le terme de mépris dont les marins désignent les paysans.

dans l'autre, à manger à leur faim. Le monde n'était sans doute pas établi selon des règles de justice.

La Providence se mit-elle ou non à l'œuvre pour prévenir les égarements, en tout cas Guillaume Gourvennec, un beau jour, trouva en mer, face à la baie des Trépassés, un bateau portant deux cochons. Noblesse oblige. La mort dans l'âme, au lieu de se les adjuger, il les remit à Thomas pour qu'ils fussent partagés entre les familles. Quand on avait son fils au presbytère, on ne pouvait agir comme le dernier des païens. Ah ! ce serait un événement que fixerait la mémoire ! À moins d'un miracle pendant les prochains vingt jours, on dirait « l'année des deux cochons », comme les anciens parlaient de l'année du phoque et de l'année de la baleine… Après une longue discussion à la cure, quatre hommes, par une nuit claire, mais où le vent soufflait, partirent pour le continent, accostèrent à Bestrée, battirent la pointe du Raz et, à la suite de pérégrinations que l'on ne connut jamais très bien (elles restaient confuses jusque pour leurs victimes), enlevèrent un authentique bandit rouge, le tueur de cochons lescovite. Tuer des cochons, n'importe quel îlien, à la rigueur, l'eût fait, mais ils savaient comme cela, d'une science de légende, qu'on ne sabote pas ces animaux. Ce fut un étrange sacrifice. Le Lescovite n'en menait pas large et se demandait si ces hommes qui ignoraient l'art de tuer des cochons ne pratiqueraient pas sur lui l'art de tuer les hommes. Les autres, cependant, s'effrayaient de son adresse, méprisaient sa cruauté savante. Les bêtes hurlaient. Les enfants, réveillés dans leurs lits clos, se bouchaient les oreilles. Le vent dissipait, dans des odeurs de goémon et de dune, des bouffées d'odeurs de sang et d'excrément, des parfums rouges et crus. Le coutelas brillait. Le sang rouge noir dégouttait, giclait, coulait, se caillait. Les larges flancs tendus et pleins mollissaient, s'étiraient. Les allées et venues des aides sortaient de l'ombre et y entraient sans cesse, la lueur des torches et des lanternes-tempête vacillait, promenant sur les êtres et les choses des reflets ternes qui se dégradaient en tons de cuivre, semés de paillettes. On glissait dans des entrailles visqueuses, sur du sang mou… Quand on ramena le Lescovite, nanti d'un morceau de lard, à Bestrée, il se signa plusieurs fois de suite, il échappait à un cauchemar. Il avait juré tout ce qu'on voulait, il respecterait son serment. Ne répéter à personne… Le ciel commençait à pâlir. La barque des îliens, si un guetteur matinal la surprenait dans le Raz, ferait jaser les langues. Tant pis. Lui, du moins, il ne dira rien. Il sait trop qu'il pourrait lui en cuire. Jamais il n'est allé à Sein, de nuit, tuer des cochons. Comme si les îliens n'avaient pas assez de méchanceté pour opérer eux-mêmes !…

Thomas présida au partage. Tous les foyers eurent leur morceau et les femmes qui nourrissaient ou qui se trouvaient dans les derniers mois d'une grossesse reçurent un supplément. Personne ne se faisait d'illusion. Le supplément passerait aux grands garçons et aux hommes, mais, après tout, cela regardait les familles. Guillaume toucha la moitié de la charcutaille. Toute l'île mangea du porc, sauf la Fanchic du Poul-Dû, qui pensait que des jours plus sombres viendraient encore et qui mit son porc dans la saumure où elle conservait du maquereau. Plusieurs vieilles ne terminèrent pas leur ration. C'était la première fois qu'elles mangeaient de cette viande et elles la jugeaient fade. Par acquit de conscience, quelques-unes rapportèrent à Guillaume les restes de leur part…

Le dimanche, à l'église, Thomas eut la fierté de remercier son père au nom de la paroisse. Il l'assura qu'il avait agi en bon chrétien et que tout le monde lui en était reconnaissant. Instant suave, il commanda une prière pour la famille Gourvennec, qu'il attaqua lui-même, et qu'il fit suivre d'un *De Profundis* pour ses parents défunts.

Un après-midi, ce fut un cadavre qui aborda sur une grève. Si encore il avait eu ses vêtements ! Mais il était nu. Du coup, on ne se dérangea pas pour le haler plus vite, on attendit que le flot le portât plus près. Thomas et l'oncle Lannuzel procédèrent à une enquête pour s'assurer qu'aucun îlien n'avait dépouillé le cadavre et, quand ils eurent leur conviction faite, ils se réjouirent. Il existait donc, ailleurs qu'à Sein, des gens qui volaient les habits des morts ! Il valait mieux ne pas répandre ce bruit, parce qu'on risquait de réveiller l'affaire des deux matelots, mais c'était une bonne acquisition pour la mémoire et la jugeote. Les gens de Sein n'étaient pas plus mauvais que les autres !

Puisque le cadavre avait cru bon d'échouer sur l'île et que ce pauvre bougre n'avait pas mis de mauvaise intention à venir sans vêtements, on l'enterra quand même, avec autant de religion qu'un cadavre repêché tout habillé.

L'histoire des cochons excitait les esprits. Le goût du porc avait paru délicieux à la plupart des novices, et les connaisseurs, ceux qui avaient servi sur les vaisseaux du Roi, racontaient leurs ripailles et se donnaient faim à eux-mêmes. François Guillerm, au milieu d'une veillée, déclara que les cochons n'avaient jamais pu être trouvés dans une barque. Malgré les objurgations, il ne voulut pas se taire. Des cochons dans les barques, ça n'existait pas plus qu'une forêt de chênes sur l'île ou une source de vin sur un récif, les cochons avaient été habilement volés sur la terre, voilà ce qui était, deux cochons enlevés par surprise à un plouk. Le lendemain, le racontar faisait le tour de l'île, tellement vraisemblable, ce racontar, que personne ne le mettait sur le dos de François Guillerm. Avant que François eût sorti son idée, chacun, déjà hochait la tête quand il pensait à cette barque solitaire, où deux cochons, tranquillement, attendaient qu'on vînt les prendre.

Des groupes secrets se formèrent, qui cherchaient à mûrir un chapardage. C'était plus facile à dire qu'à exécuter, un vol sur le continent. Pour changer, et dans le soupçon que les porcs seraient désormais surveillés jalousement par les plouks (le tueur lescovite, non plus, n'avait-il pas tout dit ?), c'était d'une vache, maintenant, que soupirait l'île. D'une vache ou d'un bœuf. En hiver, les vaches ou les bœufs ne restent pas la nuit sur les pâturages, à la disposition des voleurs : il faudrait attaquer une ferme. Quel dommage que Guillaume Gourvennec refusât de s'expliquer ! Il eût donné sûrement de bonnes indications. Il vaudrait mieux, aussi, ne pas recommencer dans le même endroit que lui...

Ces expéditions, de mémoire d'îlien, on n'en connaissait guère qui eussent été heureuses, et encore les vols de dix moutons au cap de la Chèvre et d'une fournée de pain à Telgruc figuraient dans la légende. Ce dont on se souvenait bien, au contraire, c'était du mouton de la pointe du Van que le grand-père de Lisette Le Bihan, le doyen de l'île, Jean-François Boulch, avait voulu enlever. La bête, poursuivie, sauta du haut de la falaise, se fracassa les pattes au hasard des pitons et fit simplement un trou dans l'eau. Et la désastreuse cueillette d'œufs sur les Tas de Pois. Quelle aventure ! Un jour une barque de l'île a dérangé ses plans de pêche pour aller aux œufs sur les Tas de Pois. Jamais des îliens ne s'y étaient décidés encore. Des milliers de goélands et de mouettes nichent là-dessus en famille, pondant des œufs à n'en plus finir, de gros œufs farouches, qui ont déjà une touche d'oiseau. Les deux marins descendent, ramassent des œufs, les oiseaux gueulaient, gueulaient, fientaient tant et plus ; leurs cris, répercutés par les falaises, eussent effrayé des gens moins braves, mais les marins continuaient le ramassage, ne s'interrompant que pour vider leur panier dans la barque. Et à chaque instant ils s'encourageaient l'un l'autre, ils se répétaient l'un à l'autre que c'était une cueillette pas ordinaire, que jamais personne ici n'avait dû ramasser des œufs, qu'une merde d'oiseau venait de leur gicler sur les doigts.

Voilà tout à coup qu'ils s'entendent héler, ils regardent, une barque de Camaret s'approchait à l'aviron. Ils se précipitent dans leur bateau, mais, avant qu'ils n'aient pu partir, les autres étaient sur eux. Et des insultes ! Ils eurent le courage de répondre qu'ils n'avaient rien fait de mal, puisque personne n'avait jamais dû ramasser des œufs sur les rochers.

Ça n'avait aucune importance ! que les autres gueulaient : « Sauvages, sales sauvages ! » Ces œufs, d'abord, c'était sur leur territoire, ça leur appartenait ! Écrasés par tant de logique, les îliens ne répondaient plus et, bien que ce fussent deux hommes vigoureux, aptes, sinon à vaincre, du moins à faire payer cher leur défaite, ils se laissèrent flanquer à la mer. Tous les œufs furent cassés. Qu'ils s'estiment heureux, disaient les autres en s'éloignant ! La prochaine fois on leur casserait leur barque ! Ils se tirèrent de l'eau en jurant, déconfits, trempés comme des soupes ; les oiseaux, maintenant, gueulaient comme s'ils se moquaient de ces pauvres petits voleurs de rien et ils n'eurent d'autre ressource que de filer droit sur Sein – heureusement, le poisson mordait – et, une fois dans l'île et vêtus de sec, il leur fallut laver leur barque, une vraie cochonnerie, gluante et glaireuse au point qu'elle semblait avoir transporté tout autre chose que des œufs, du fumier d'oiseau.

« Qui ne risque rien n'a rien », répétaient, pour se donner du cœur au ventre, les îliens qui songeaient à dérober une vache.

V

Les mois noirs avaient été presque constamment venteux et vifs, on prononçait souvent le terme de « mauvais temps » à l'aspect du ciel et de la mer et, tout de même, si l'on faisait le point, la saison était douce.

Peu avant la Noël, alors que les nuits marchent sur leur erre et que l'année s'apprête à virer de bord, le cap sur le soleil, une folle bourrasque éclata, un soir, pendant le changement de marée. Les pêcheurs connurent qu'ils allaient écoper. Pas un n'avait pressenti la violence des rafales qui se déchaînaient sur l'île, le climat remportait sur eux une victoire ; où s'arrêterait-elle ?

Le vent se plaquait contre l'île, heurtant la dune de ses coups aériens et massifs. Comme un chat caressé à rebrousse-poil, l'herbe se hérissait, se convulsait ; des goémons secs fuyaient à tire-d'aile. Ne rencontrant aucun obstacle, le vent, d'un simple souffle, balayait l'île. La mer se retirait. Avec quelle mauvaise grâce, semblait-il, et quel désir de reprendre son bien ! Les vagues crevaient contre les galets, grimpaient le long des galets dans un élan de tout leur être et redescendaient dans un bruit de succion et de raclement, un grand cri de repentir. Les débris de la vague, de cette vague encore insuffisante qui n'avait pas submergé l'île pour l'entraîner dans les abîmes, se reformaient en un ressac crémeux et tortu qui luttait contre la vague suivante. Vague et ressac s'étreignaient et se dressaient l'un contre l'autre. Leur force s'exerçait dans un sens contraire à la pesanteur et ils lançaient vers le ciel une longue pointe, une longue gouttelette, que l'élan des ondes marines bousculait et rendait vaine. La vague abaissait le ressac et, d'une saccade, elle se hâtait de foncer en avant et d'éclater…

La nuit tomba. Dans l'ombre, sur les bancs de cailloux, les hautes griffes des vagues continuaient de se détendre dans un grondement et un roulement continuels. Là-haut, le ciel était bouché : sur les flancs de l'île luisaient toutes ces blancheurs, fantomatiques et bruissantes…

Les armées du vent, toute la nuit, défilèrent sur l'île. La faible résistance que leur offraient les maisons, elles en faisaient, par rage ou désir d'épouvante, une montagne ; elles sifflaient, elles poussaient des hurlements. Elles fouinaient contre les murs, à la recherche de l'interstice, contre les portes, contre les fenêtres. Elles s'engouffraient dans les cheminées. Des courants d'air traversaient les pièces, glaçant les poitrines, arrêtant les courages. Quelqu'un était entré ! Quelqu'un avait ouvert et fermé la porte en un clin d'œil ! Qui donc ? Cela chantonnait dans la pièce, que fouillait le vent. La maison était devenue comme une grotte sonore, comme un couloir où s'engageaient les caprices du vent. La tempête étudiait les demeures, y introduisait des aides et des bourreaux, et le chantonnement moqueur, et le courant d'air dissimulaient peut-être des leviers qui renverseraient les murs. Entre la tempête pénétrée dans la pièce et la tempête du dehors s'engageaient des conciliabules, des disputes : « Plus vite ! Ouvre la porte ! » hurlait le vent de la dune. « Plus fort ! Heurte le mur ! Heurte le mur ! » répondait son acolyte. Le vent, tel un gabelou, se promenait sous les meubles, grognant et geignant. Flankk ! Flankk ! la porte, fermée cependant et loquetée, tremblait, tapait. « Ouvre la porte ! » Un chantonnement giclait dans la pièce, le vent flairait les armoires, les étoffes qui claqueraient si bien, qui s'envoleraient, qui feraient le tour du monde. Flankk ! Flankk ! Le vent du dehors frappait la porte. Muuuuu… ! Le vent se glissait sous la fenêtre. Ssssii… Ssssii… ! Les matériaux de la maison retrouvaient une âme et, soudain, de toute leur patience, ils s'appuyaient les uns sur les autres, la tête tournée vers l'intérieur, comme un cercle d'animaux pendant la tempête de sable. Flankk ! Flankk ! le vent, à grands coups de pied, heurtait le dos de la porte. Le vent heurtait le dos des murs, le dos du toit, le dos des fenêtres, à grands coups de pied, à grands coups de fouet, à grands coups de pique. Terrifiés, mais leur force décuplée par l'énergie du désespoir, les murs, le toit et les fenêtres tournaient vers l'intérieur de la maison des visages calmes. Ils tiendraient !... Le vent dégringolait dans les cheminées, plus vite que jamais flamme n'y monta, une odeur de suie glaciale s'ébattait dans la pièce. Un flot de vent tournoyait dans la cheminée, une bande, une troupe de vent...

Thomas, du fond de son lit clos, tâchait de comprendre la résistance originale qu'opposait la cure. Cela ne ressemblait pas à la vie nocturne de la maison Gourvennec dans les tempêtes, vie agitée, semée de rumeurs et de clameurs, avec ses plaintes aussi et ses grincements, et cependant vie douce, que rassuraient toutes les présences humaines. Ici les événements du rez-de-chaussée se perdaient dans le bruit général.

Un fort parti de vent montait l'escalier avec tapage, s'insinuait par la porte, sautait dans la pièce et glissait dehors sous la fenêtre. Le vent entrait et sortait, traitant le presbytère, irrévérencieusement, comme un moulin. Le vent traversait le presbytère comme un courant d'eau une épave pourrie. Il était chez lui dans toute la maison et, dès lors, sa cohue s'offrait des airs de cortège. Le soudard organisait une cérémonie. C'était ici un château du vent ; une fête nocturne se déroulait, à laquelle prenaient part les esprits du vent.

Évidemment, se disait Thomas, M. Pennanéach avait peur dans ce tumulte et regrettait le silence de sa terre… Tout de même, ajoutait-il, ce n'était pas un homme peureux !… Puis il devait rouler des idées comiques, où avoir matière à consolations : cette nuit-ci, par exemple, il se serait représenté le vent dans le presbytère, comme un païen séduit par la fermeté d'un martyr. Le vent pénètre dans la maison comme s'il allait tout casser et, au lieu de cela, il se sauve par la fenêtre, après une conduite bien sage, n'ayant brisé ni une assiette, ni une marche d'escalier… Le pêcheur sourit. En voilà des idées ! Allongé sur le dos, il écoute le vent se dérouler et sortir de la demeure. Ce serait plutôt, ce vent, comme lorsque la mer monte entre deux bancs de sable. Sur les bords le courant laisse faire. Les rives l'intéressent. Il s'en approche et le voilà qui file en arrière, portant des croûtes de sable. Mais il tourbillonne, le sable coule, et le courant se remêle à l'élan général du flot…

Le vent entre et sort. Il gronde, il souffle, il gémit. Le plancher craque. Le lit craque. Le plancher craque. Quelque chose grince. Quelque chose siffle. Légers faits de la demeure, qui s'assure qu'elle vit…

Dehors, le suroît passe au-dessus de l'île et contre l'île, secouant l'air et la mer, lançant les nuages. Dans la nuit opaque c'est la grande jacquerie du vent. L'île, par bonheur, n'est pas au-dessus de l'eau comme la tête d'une statue, qui serait vite coupée et fichue dans les fonds. Elle se prolonge dans tous les sens par les plaines sous-marines à la pente douce. Là s'accrochent les vagues, sur tous ces tremplins s'englue la mer. L'île, comme une place forte, lance une sortie à chaque marée basse ; elle récupère ses douves, elle pille le camp ennemi ; vient le flux, et l'île se retranche dans son enceinte, dont les assiégeants battent les murs : ils ont perdu la plus grande partie de leurs troupes et de leur énergie sur toutes les pentes, barrées d'écueils, qu'il a fallu franchir… Thomas, cette nuit, ne craint pas la mer. Il craint le vent. Les maisons tiennent, cependant l'île entière peut être brisée, soulevée, jetée dans l'espace. Toutes ces ententes subites entre le fracas du dehors et les bruits de la maison, toutes ces strophes que le vent improvise et dans lesquelles il se perd, toutes ces grandes douleurs que de plus grandes continuent, que de plus grandes exaspèrent encore, paroxysme de la clameur et de la douleur, égorgement de milliers de bêtes, égorgement du ciel sur l'île, prise pour un dolmen, par les coutelas aigus du vent…

Le lendemain, quand, après une mauvaise nuit, la fatigue des membres s'accepte comme une joie, sur l'île qui n'a pas sombré une inquiète curiosité ronge l'âme : qu'est-ce qui s'est donc passé, encore, cette nuit ? Quel vacarme ! Longtemps on a veillé ; on a fini par s'endormir : qu'est-ce qui a pu se passer encore ? Est-il possible que l'île sorte indemne de cette nuit ? que nous n'y ayons laissé ni pied ni aile ? Du dedans, la maison paraît tenir ; mais qu'est-ce qui s'est passé sur le toit, contre les murs du dehors ? Par les vitres mouillées d'embruns courent des nuages, des lames se déchirent et sautent sur les rocs. L'île n'aurait-elle pas été amputée d'une presqu'île, toute une zone n'aurait-elle pas été arrachée, une grève démolie, désablée ?

Il ne faut pas songer, ce matin, à contempler les dégâts de l'île. À peine si l'on peut sortir et contempler les dégâts de sa propre maison, les ardoises enlevées, les plaques de torchis décollées et abattues. À peine si l'on peut aller de l'un chez l'autre. Thomas se rend à l'église. Quelques ardoises ont été enlevées – peu de chose. Les vitraux sont intacts.

Il ne faut pas songer à envoyer les gosses ramasser des coquillages ni des crabes, le vent les flanquerait par terre. Dans les criques, la pêche dépasserait les moyens des hommes. Inutile de jouer au faraud ; on aurait ses engins démolis, on serait peut-être fichu à l'eau. Ce ne sont pas le mauvais temps ni l'agitation du flot qui empêchent le mulet ou le bar de longer les côtes de l'île en matière de promenade, ni de fouiller les replis… évidemment…

Les îliens bouillent d'impatience. Vers la fin de la matinée commence une pluie battante, le ciel noir précipite en flèches des gouttes qui frappent les vitres dru comme grêle, des gouttes qui reluisent soudain dans le rayon, vite étranglé, d'un soleil demeuré invisible, de grandes gouttes blanches. La pluie diminue, brève accalmie. Les averses se succèdent… Dans cette trêve sur la durée de laquelle personne ne se trompe, non plus que sur les sentiments qui l'inspirent – les éléments regroupent leurs forces avant l'assaut prochain et accordent sans le vouloir un répit aux hommes –, les maisons se vident. On ne va pas loin, car le vent reste dur. On se rue sur la grève du port, qui, malheureusement, ne découvre plus guère, on pille des haricots de mer, on ramasse des bigorneaux, des palourdes à moitié crevées, de toutes petites anguilles. Les plus audacieux ou les plus vigoureux s'élancent, pourtant, courant aussitôt qu'ils le peuvent, anxieux d'arriver les premiers sur une grève, jusqu'aux extrémités de l'île. Ils vont en même temps « au bois » et aux épaves. La mer n'a pas pu ne pas charrier sur la côte toutes sortes de débris. Un jeunot de dix-sept ans recueille un aviron et, en bon îlien, il y efface le nom du propriétaire. Quelle naïveté d'écrire un nom sur un aviron si on doit se le laisser prendre ! Écrire son nom du bout des doigts sur une vague n'est pas plus stupide... D'autres reviennent avec une sorte de fagot. Des morceaux de planche brûlée, des bouts de bois jaunes, des branches d'arbustes avec tous leurs piquants. D'autres n'ont rien trouvé. Ils sont ahuris. Un pillard, malgré le vent, est donc sorti ce matin !

La mer a fait des siennes. Thomas ouvre sa porte et regarde la débâcle des nuages vers le continent, le ciel qui, dans sa forme oblongue, ressemble à la baie de Douarnenez – il va peut-être s'y encastrer –, la mer qui moutonne et foisonne, les gerbes blanches qui giclent contre la pointe du Raz, et, dans le bruit du vent et de la mer, dans ce bruit de flamme et ces creusements et ces chocs, il distingue des voix d'hommes qui annoncent des avatars. L'oncle Lannuzel accourt le renseigner. La mer a coupé l'isthme qui joint le gros de l'île à la pointe sud. Les parcelles, désormais, sont sur une autre île. Quelle histoire ! C'est cela qui va compliquer la culture ! Deux murs de parcelle ont été renversés... À la pointe de l'ouest, la mer a jeté des galets par-dessus le sillon – ou bien le sillon a reculé dans les terres. Sur une longue ligne droite un assaut a été livré cette nuit par les vagues, au moment de la pleine marée. Des escadrons de vagues, des charges de vagues ont frappé l'île. La mer cherchait la fissure. Si elle l'avait obtenue, elle inondait la moitié de l'île, elle parvenait jusqu'au centre de l'île.

Les deux hommes songent. Thomas continue sa méditation nocturne. Il n'est pas étonnant que M. Pennanéach ait quitté l'île de Sein ! « Peut-être bien, dit l'oncle Lannuzel, que l'évêque attend que nous soyons tous noyés. Il n'a pas envie de noyer un prêtre ! » Thomas se rebiffe contre ce langage. Chez un autre, clairement exprimée, la tristesse lui répugne. Allons donc ! L'île de Sein est bâtie à chaux et à plâtre ! Deux ou trois écorchures, voilà tout ce qu'on a subi ! Dès que le temps sera beau, les hommes combleront le goulet creusé par la mer entre le gros de l'île et la pointe sud.

Une pluie diluvienne recommence. Quelle bêtise ! En été, la citerne à sec, le gosier à sec, on gémira sur le manque d'eau et, maintenant, des fleuves de pluie et des fleuves de pluie croulent, perdus d'avance… Les deux hommes sortent ensemble. Ils font une tournée d'encouragement. Chez l'un, chez l'autre, ils apprennent les nouvelles, ils donnent des consignes de bonne humeur. Les familles sont préoccupées. Ce n'est sans doute pas une nourriture pour les petits ni pour les jeunes, ces soupes de coquillages…

Le vent tombe de plus en plus au sud, le vent vacille, le vent passe au sud-est, mais il a repris toute sa violence. Le crépuscule imprègne le ciel. Le paysage devient un paysage d'énigme. Le soleil s'est couché ; quoique ce fût le principal événement de l'heure, personne ne l'a vu. Les regards interrogent l'horizon, les vagues, les récifs – une lumière grise d'estampe où s'affinent les objets, où il semblerait que l'on dût compter à distance les moules sur une roche, les poils de barbe sur un menton, et où les gestes du vent, les moutons des vagues, les herbes, les pierres et les fumées dessinent des étraves, des lances, des fûts ciselés... Toute la nuit les armées du vent défileront sur l'île... Toute la nuit, en effet, elles passèrent, elles hurlèrent des menaces. « Des arbres, des arbres », réclamaient-elles. Elles voulaient ronger les écorces, tordre, briser, abattre les lisières, abattre les forêts. Il n'y avait pas d'arbres. Quand elles rencontreraient les bois du continent, ce serait une bataille géante. Elles flairaient les maisons, lançaient des coups de queue, des coups de sabot, hennissaient dans les cheminées...

Le lendemain après-midi on vint chercher Thomas. Un enfant de quinze mois était mort tout à coup, une petite fille qui, la veille encore, mangeait son lieu séché, buvait l'eau du ciel, aussi bien que père et mère. Des esprits forts, des hommes, naturellement, insinuaient que les gosses ne devraient pas avoir la même nourriture que leurs parents, comme si, à partir du moment où les dents leur poussent dans les mâchoires, les gosses n'étaient pas faits pour se débrouiller comme les autres ? Est-ce que les petits animaux, une fois abandonnés par leur mère, ne se mettent pas à la pitance commune ? Ce qui était, simplement, et, mon Dieu, cela ne pouvait plaire à la famille, mais c'était le langage de la raison : tous les gosses ne possèdent pas la même résistance. Les uns sont vigoureux, les autres débiles. Les uns se faufilent dans les difficultés, les autres sont arrêtés tout de suite et doivent mourir.

Perdre un gosse, c'est toujours triste – d'autant plus triste que cela représente tant de peines gâchées. Les soucis et les douleurs de la gestation, de l'accouchement, de l'allaitement, crac ! La mort n'en tient pas compte, la mort ne les connaît pas. Elle se cache devant les filets de la vie comme un béluga hypocrite, et, lorsqu'on les relève, riches de proie, elle se lance dedans et les déchire. Il faut tout recommencer...

Le lendemain, c'était au tour d'un garçon de treize mois de trépasser, mais, pour la nouvelle famille atteinte, cette mort valait moins de tristesse, car la mère y attendait un enfant. La mère avait commencé par gémir, par se plaindre du mauvais sort. Le chiffre treize lui portait malheur ! À treize ans elle avait fait une chute, son père était mort un treize février, le petit garçon mourait à treize mois ! Cependant, une heure après, elle cédait aux consolations de son homme et recommençait à sourire. Toute fière, elle expliquait aux voisines, en se tapant sur le ventre, que l'enfant qui se préparait ne lui causerait pas de soucis pour le prénom ; son prénom était trouvé, il s'appellerait comme son frère... Quand la troisième nuit de la tempête tomba sur l'île, dans deux familles reposait un enfant mort. Les parents, pour le principe, s'apprêtaient à veiller quelques heures. Le petit cadavre était étendu sur la table, vêtu de blanc, la tête non relevée, un crucifix sur la poitrine. On se disait qu'ils dormaient et qu'ils portaient l'image de Dieu pour se prémunir contre l'oubli où entraîne le sommeil. À voix basse, afin de ne pas réveiller les enfants, couchés, comme d'habitude, dans leurs lits clos, on murmurait une prière, puis on bavardait un peu. Le vent remuait la flamme de la chandelle, des ombres et des reflets dansaient sur le cadavre. Ce n'était pas l'âme de l'enfant qui se plaignait dans la nuit. Le hurlement qui passe, longue mesure douloureuse que le vent prolonge encore, cela pouvait être l'âme d'un noyé qui pleurait dans le Raz, un noyé des anciens temps, suffoqué par un désir de vengeance, un noyé de l'année, qui suppliait que l'on cherchât son corps. L'âme de ce cadavre, ici, est une âme pacifique et heureuse…

Les familles, dans les deux cas, n'avaient pu faire chercher Thomas Gourvennec qu'après la mort du petit. Chaque demeure le reçut comme un prêtre. La mère s'agenouillait et attendait qu'il la relevât, le père le conduisait devant le cadavre. Comme M. Pennanéach, par prudence, recueillait des branches de buis, chaque année, dans le grenier de la cure, Thomas avait apporté un rameau de buis – et une fiole d'eau, qu'il supposait bénite, et que l'on vida dans une coquille Saint-Jacques. Il récitait les prières des morts. Avant de partir, il embrassait la mère ; et le père, pour compenser le dérangement de la visite, lui offrait du biscuit.

VI

Des cris réveillèrent Thomas, des cris épouvantables… Le vent hurlait… Des âmes angoissées errent sur l'île, des âmes criminelles et qui souffrent…

Il écoute mieux… Les poulies, les cris des mouettes prêtent ainsi, en plein jour et par temps calme, à la confusion… Au rez-de-chaussée quelqu'un bouge…

Toujours le vent qui monte l'escalier, entre sous la porte et sort sous la fenêtre…

À tâtons, le pêcheur se leva, suant, malgré lui, d'angoisse. Des pieds il chercha ses sabots. Tandis qu'il s'ajustait à tout hasard, il entendit courir dans la ruelle. On frappait contre sa porte, on appelait…

Quelle besogne ce fut, cette nuit, dans le tintamarre de la tempête, et ils n'avaient pas le droit, encore, de jouer aux martyrs ! Tout n'était pas contre l'île ! La lune brillait, une lune cocasse qui remontait le ciel contre le torrent des nuages, une grande lune glacée qui plongeait dans les nuages comme un canard sauvage dans la mer, reparaissait entre deux immenses serpillières grises, se laissait happer et, au bout du compte, semblait toujours à la même place… Sans cet encouragement ils eussent abandonné la partie. Au moins le croyaient-ils. Ils avaient besoin de la lune et des étoiles pour s'assurer que l'île ne chassait pas sur ses ancres – pour oser et mener à terme la besogne.

Abrutis par le vent et le froid, les hommes se montraient avec des gestes ce qu'il fallait faire… Sauver les barques… La mer était montée plus haut dans le port et avec plus de violence que l'on ne s'y attendait ; les bateaux, malmenés, menaçaient de s'enfuir. On les apercevait sauter, ballotter sur les vagues… À une cadence rapide, les lames sèches s'abattaient contre les galets. Si elles ne montraient pas la brutalité de la mer contre les récifs, leur cadence obsédait le corps non moins que l'envergure de leur course. Abattues, elles s'agrippaient contre les galets, elles s'appuyaient sur les galets, elles glissaient, elles montaient toujours, toujours, une autre les poussait qu'elles en étaient à lécher la dune d'une langue avide ; et, tandis qu'elles renonçaient là-haut à une partie d'elles-mêmes, elles reculaient vers la mer, creuses, longues, entraînant ces mêmes galets qui les appuyaient tout à l'heure, se noyant dans la vague suivante qui reprenait l'assaut. Ce sont les enfants qui regardent les vagues, mais, cette nuit-là, les hommes étaient contraints de regarder les vagues, de prêter toute leur attention à l'élan des vagues.

Entrés dans l'eau, les uns essayaient de descendre la pente et, en marchant contre les vagues, de parvenir jusqu'à leur barque et de sauter dedans pour la désancrer. Après quoi ils se remettaient à l'eau et, avec tous leurs compagnons, ils haleraient la barque sur les galets, puis sur la dune. Il fallait au moins deux équipages pour haler une seule barque. La mer lançait des galets contre les jambes nues des hommes, les ongles des pieds se brisaient sous les pierres, des échardes s'enfonçaient dans les ongles des doigts, un froid saisissait le ventre ; après trois jours de piètre nourriture, la défaillance guettait. L'homme écarquillait les yeux et souquait, les genoux et la tête en avant, pour dompter la faiblesse. Alors il butait dans un creux de galets, des pierres lui tombaient sur les orteils et lui écorchaient les mollets, parfois il dégringolait, se blessait le front, se remplissait les vêtements d'eau. Sa chute désaxait les camarades, qui l'aidaient ou attendaient qu'il s'aidât lui-même ; les allées et venues des vagues, entre-temps, frappaient les corps et forcenaient la barque. Fracas de la mer, hurlement du vent. Ici l'homme, avec quelle peine, ne hisse qu'une barque, et elle était proche du rivage…

Pour atteindre les barques qui dansent au milieu du port et que la mer risque d'enlever autant que de fracasser sur le fond de la grève, car le vent souffle vers le large, il y en avait qui, en silence et sans prévenir personne, se jetaient à l'eau et, dans de grands mouvements de bras, gênés par leurs habits de mer, nageaient vers les barques. Ils gardaient la tête droite pour mieux voir venir les vagues et, constamment repoussés par elles, ils nageaient lentement. Les vieillards apercevaient leurs bonnes têtes d'hommes, dressées hors de la mer comme celle d'un chien novice à la nage et qui frappe l'eau, seulement de ses deux pattes de devant, glisser dans l'ombre incertaine. Au-delà du port, derrière la pointe, le clair de lune scintillait sur la tempête. Une fois dans la barque, ils la désancreraient et la ramèneraient à la godille jusqu'aux galets, pour le halage. Des équipes d'hommes qui ne savaient pas nager mettaient les canots à la mer. La légèreté des embarcations les gênait, que les vagues bousculaient, qui manquaient sans cesse d'embarquer de l'eau et qui semblaient se dérober quand on grimpait dessus. Mais enfin les canots, eux aussi, s'éloignaient vers les barques, un homme à l'arrière, qui godillait, un homme à l'avant…

Malgré l'accablement, les pêcheurs accomplissaient les gestes les plus rudes sans impatience ni désespoir, comme si c'eût été leur tâche naturelle. Thomas, qui ne savait pas nager, halait des barques. Les pieds et les mains en sang, il était heureux, au milieu de l'épreuve qui frappait l'île et dont elle finirait bien par sortir, de se retrouver dans son ancien élément, la mer et les pêcheurs. Il avait reçu l'avant d'une barque en pleine poitrine, il avait juré de toutes ses forces… Des femmes, maintenant, entraient dans l'eau, soit qu'on les eût appelées, soit qu'elles fussent venues de leur plein gré. On ne les repoussait pas, car ce n'était plus le moment des discours, mais elles faisaient du surnombre et elles auraient dû rester chez elles ou, comme les vieillards, se contenter de regarder. Quelques-unes tombaient dans l'eau et s'en allaient vite. Lisette Le Bihan, cependant, stupéfiait tout le monde, qui s'était jetée en avant dans un gros plouf et, après avoir été traînée vers la mer par une vague, s'était mise à nager, elle, une femme mariée, qui avait eu cinq enfants. Sa bonne tête se mettait à s'éloigner, lentement, gravement, comme celles des hommes… Tout en halant sa barque, Thomas prenait conscience de la discipline instinctive qui avait régi, jusqu'à l'arrivée des femmes, les mouvements des pêcheurs. Ils auraient pu tellement se disputer ! Pourquoi sauver cette barque-ci avant celle-là ? Pourquoi s'occuper des autres ?…

Toute la flottille fut halée sur la dune, où, après les avoir démâtées, l'on retournait les barques sens dessus dessous et l'on relevait de la terre contre les bords. Le vent pouvait cogner dessus – il ne les arracherait pas ! Elles tenaient aussi bien que les maisons ! Les pêcheurs n'arrivaient pas à se quitter ni à quitter le lieu de leur victoire. Pas une barque n'avait été démolie ! Des engins perdus ou cassés, quelques avaries de coque, tel était le bilan de la nuit. Ils se congratulaient. Frissonnants dans leurs habits trempés, les hommes se donnaient à eux-mêmes de grandes tapes, puis, maintenant que le danger était passé, ils riaient à gorge déployée de leur bonheur, chacun racontait ce qu'il avait fait, ce qui était arrivé à sa barque. Il fallut que la lune fût couverte par un nuage, et qu'une averse tombât, pour les décider à revenir chez eux…

Thomas, le lendemain, en interrogeant les uns et les autres, n'obtint pas une lumière bien nette sur les événements. Un homme de la famille Marzin, où l'on veillait le petit garçon mort, avait dû sortir et, à la lumière du ciel, apercevoir le grabuge, le port qui débordait comme une soupe, les bateaux qui remuaient comme des ivrognes. Il aurait donné l'alarme. Aussi bien peu importait-il comment les choses s'étaient déroulées exactement et l'événement fournissait-il matière, sans plus d'explications, à remercier le ciel. Après une fin de nuit terrible où les trombes de pluie ne s'interrompaient que pour céder la place à des bourrasques moins hurleuses que d'habitude, mais plus fortes, sans doute, qui s'approchaient des maisons comme des assassins et soudain les empoignaient, les faisaient craquer, il semblait que la journée dût être moins bruyante. Un soleil apparaissait dans la course des nuages. Un ordre s'ébauchait dans la cohue des vagues. Les maisons se vidaient : les gens pêchaient les coquillages, ramassaient le bois d'épave, le goémon, examinaient le ressac des criques dans l'espoir d'y lancer une ligne, au moment du reflux, s'il se tempérait. Les vieillards sortaient tout bonnement pour se défriper le corps, quitter les murs. Les femmes étendaient du linge sur la dune et posaient des cailloux dessus pour le tenir. Thomas fit annoncer que le soir même, avant la tombée de la nuit, un *Te Deum* serait chanté à l'église. Il avait décidé cela de sa propre initiative et sans consulter l'oncle Lannuzel.

L'après-midi, le père de Scolastique lui porta un mulet et lui conta que sa fille commençait à devenir plus raisonnable. Cette nuit même, elle regardait du haut de la dune, et un jeune pêcheur qui la courtisait depuis quelque temps s'était jeté à l'eau, dès qu'il l'avait vue, pour aller désancrer la barque Kernéis au milieu du port. Elle avait dû se retirer avant que la barque fût halée sur la dune, mais, ce matin, toute seule, elle s'était rendue dans la famille du pêcheur y prendre de ses nouvelles et le remercier... Une femme Boulch s'excusa de ne pouvoir assister au *Te Deum*. Sa fille, tombée dans l'eau tandis qu'elle aidait les hommes, avait pris mal et gardait le lit. Elle toussait fort, elle avait beaucoup de fièvre. Thomas avait déjà offert le mulet du père Kernéis à la famille Marzin, mais, comme il n'était pas sûr que, d'ici le soir, il bénéficierait d'une autre aubaine, il pria la femme Boulch d'entrer chez les Marzin de sa part et de leur demander la moitié du mulet.

— Jamais je n'oserai faire ça.

— Très bien au contraire. C'est pour ta fille. Et puis, si tu veux, tu écailleras et tu videras le poisson.

— Oh bien ! comme ça !

L'église était pleine. Il faisait sombre. Des nuages gris encombraient le ciel de leur débâcle et les vitraux semblaient inutiles. Résolu à la dépense pour marquer la reconnaissance de l'île, Thomas donna l'ordre à la *karabassen* d'allumer deux cierges. Les gens se mouchaient, toussaient, crachaient – une grande partie des hommes s'étaient enrhumés cette nuit. Le silence se fit quand Thomas annonça le *Te Deum*. À tue-tête l'île remercia Dieu. Personne ne comprenait goutte au détail de l'hymne latin – est-ce que cela comptait ? Chacun essayait de chanter le plus fort possible. Il fallait que le chant devînt un effort, une fatigue – au bruit des voix, Dieu mesurerait la sincérité des cœurs.

Lorsque l'île, satisfaite, se fut tue, Thomas, en prières au bas de l'autel, hésita un instant. Il ne voulait pas empiéter sur le lendemain, un dimanche. D'un autre côté, quand le fer était chaud, ne devait-on pas le battre ?… Il s'approcha de la Sainte Table et se mit à parler. La nuit était tombée dans l'église, où les gens recommençaient de s'éclaircir la gorge. Le pêcheur, d'une voix lourde, disait à la paroisse comme Dieu se montrait bon pour elle. Il leur envoyait des tempêtes, bien sûr, car il ne voulait pas que les siens fussent des mollassons ni des chiffes, mais il s'arrangeait pour que les tempêtes ne devinssent pas des catastrophes. Par des vacillements de lueurs et d'ombres Thomas était contraint de se souvenir des cierges et de la dépense qui s'accumulait. Tant pis ! Il était lancé. Si Dieu l'avait voulu ainsi, toutes les barques, cette nuit, eussent été brisées sur la grève ! Au lieu de cela, toutes étaient vivantes, toutes étaient là, sur la dune, prêtes à reprendre la mer dès le premier calme…

VII

Le mardi, elles reprirent la mer. Une grande houle secouait les eaux, un grand ressac frappait les roches et se frayait un chemin sur les grèves en rouleaux sauvages ; après les derniers jours, c'était une mer sortable… À la fin de la matinée, le vent sauta. Toute sa violence lui était rendue. Des bourrasques succédaient à la brise. Les moutons réapparurent, la mer se creusa en toutes sortes de lames brutales, l'herbe de la dune se hérissait.

Les pêcheurs se hâtaient de gagner le port. Déjà les pointes de l'île blanchissaient sous les coups des vagues… Une barque solitaire, accourant du suroît et qui naviguait dans les écueils, talonna un haut-fond. Elle se décrocha, mais il apparut aux matelots qu'elle avait subi un mauvais choc et qu'il serait impossible de la conduire au port. Ils résolurent de venir à la côte. Si la barque faisait eau, elle ne laissait pas d'obéir à la manœuvre et ils la menaient dans les passes, étroites et bruyantes, où des lames soulevaient brusquement la mer. Ils se lancèrent dans les rouleaux. La barque fut happée, traînée obliquement au flot, la coque enfouie dans le tourbillon ; prise dans la mer comme un navire dans les glaces, elle suivait par force la débâcle et l'eau l'envahit. Elle se pencha, elle se mit de travers au flot et un autre rouleau rompit ses membrures. Les pêcheurs sautèrent. Ils risquaient cent fois la mort. Une vague pouvait s'abattre sur eux et leur briser la nuque, une vague pouvait les balayer et les déchirer contre une roche ; gênés par leurs habits larges et pesants, ils pouvaient aussi boire dans les remous et se laisser aveugler, étouffer par la mer. Ayant repéré en un clin d'œil la direction de la grève, Mathieu Kervern plongea. Il ne voyait plus rien. L'eau, peu profonde, était aux prises avec différentes poussées. Des nœuds de courants semblaient vouloir étreindre le pêcheur. Il s'apprêtait à remonter quand toute la mer s'élança et il fut projeté avec elle. Il émergea, exténué, ahuri, dans un remous bruyant et massif. Il se levait, les mains au fond, un rouleau l'abattit et le traîna sur des pierres coupantes, presque jusqu'au rivage. Il n'arrivait plus à se dresser, la mer jouait de lui comme d'une épave et, les yeux grands ouverts, il considérait le ciel. Il ne s'évanouit que lorsque les îliens le retirèrent.

Jules Guichaoua avait perdu des instants à chercher du regard son camarade, à hésiter, à se demander s'il ne tenterait pas de sauver la barque. Le fracas l'assourdissait, toute cette mer qu'il buvait le faisait cracher, ouvrir la bouche, boire encore. Il évita de justesse un rouleau qui s'abattait sur lui et, par un effort extraordinaire, il sauta comme un cormoran et plongea droit dans la vague. Sous l'eau, les roches lui écorchèrent la poitrine. Il était bousculé vers la côte, mais il ne s'inquiétait plus de comprendre, il savait seulement qu'il ne s'en sortirait plus. Revenant à la surface, il nagea vers un récif où il désirait souffler, mais, tandis qu'il se hissait le long de la pierre, couverte de moules, qui lui arrachait la peau, un rouleau le heurta. Il fut aplati contre les moules, qui lui entraient dans la poitrine, et il crut que sa jambe droite avait été cassée net ; il s'agrippa au récif de toute l'énergie de ses mains et, submergé par l'écume, il ne fut pas emporté. À la force des poignets il grimpa. La jambe droite lui élançait, des crampes lui serraient la jambe gauche. Un rouleau avançait, le poitrail farouche, haut, sévère ; il se plaqua contre la roche, le nez dans les moules, les bras en croix, la jambe droite sur des goémons. Le rouleau déferla et le couvrit d'écume. Il se garda de lever le nez. La mer montait – elle ne se contenterait pas toujours de l'asperger d'écume, il viendrait un moment qu'elle se renverserait sur lui…

Plusieurs pêcheurs étaient accourus sur la grève. Ils confièrent Mathieu aux femmes, qui le portèrent chez lui en grande hâte, deux lui tenant les pieds, deux lui tenant les mains, et, tandis qu'ils entraient dans l'eau, les braies retroussées, indécis encore, François Guillerm se jeta parmi les rouleaux : « François ! » criaient les autres, prêts à lui porter secours s'il se trouvait en mauvaise posture, mais curieux auparavant de voir si sa méthode réussirait et s'il atteindrait Jules. À deux ou trois reprises, il leur sembla qu'un rouleau s'abattait sur lui ou bien qu'il n'émergerait pas d'une plongée. Il marchait le plus possible, ne nageant que lorsqu'un rouleau fonçait sur lui, et pour mieux piquer dedans. Quand la mer fut trop profonde, il avait presque atteint le récif de Jules…

L'autre ne le voyait ni ne l'entendait, collé à ses moules, les habits déchirés sur des membres en sang. François lui saisit la main droite et lui renversa le corps ainsi qu'à une étoile de mer. Abruti, Jules se laissait faire, mais, quand il fut précipité dans l'eau, la fraîcheur le réveilla et réveilla sa souffrance. Il ne pouvait plus nager et, afin de ne pas couler, il jeta les bras autour de François, qui se dégagea en l'assommant d'un coup à la nuque et lui maintint la tête hors de l'eau par les cheveux. François ne nageait que d'un bras : si la marée le poussait, les rouleaux continuaient, derrière lui, d'être une menace terrible. Ne se sentant plus assez de force pour se détourner et examiner l'approche du péril, il nageait avec ardeur et, de temps en temps, il piquait des deux sous la mer. La mer, brusquement, se déroba sous lui, il comprit qu'un rouleau arrivait, et il se laissa couler et attira contre sa poitrine la tête de Jules. Il fut projeté en avant, une énergie plus grande que la sienne lui fit abandonner son camarade, il roula plusieurs fois sur lui-même, et c'était comme si on le lapidait ou on l'assommait à coups de bâton, une colline d'eau lui dégringolait dessus, lui labourait les côtes… Les autres pêcheurs le sauvèrent. Il était tout perclus. Il lui semblait qu'on lui avait retiré les os pour mettre de la bouillie à la place, il lui semblait qu'on avait cherché à le transformer en statue. Hagard, soutenu par deux camarades, il gagna la grève, où il s'effondra sur les cailloux. Entre-temps on repêchait Jules Guichaoua, à peu près nu, claquant des dents, incapable de proférer une parole. On l'installa sur la dune. Guillaume Gourvennec s'assit contre sa poitrine et lui mit deux doigts dans la bouche pour qu'il vomît son eau de mer. Comme il ne vomissait rien, les pêcheurs furent très inquiets. On le porta chez lui, presque en courant, et on lui réchauffa les pieds contre des landiers brûlants.

Un glas sonnait à l'église, celui de Catherine Boulch, morte à midi. Les pêcheurs, qui venaient d'apprendre cette mort, la considéraient comme un mauvais présage. Jules, qui sortait de sa prostration, entendit le glas. Il eut le courage de plaisanter :

— Ce n'est pas moi qui suis mort ?

Avant qu'on lui eût répondu, il reprit conscience davantage et il regretta sa plaisanterie.

— C'est Mathieu qui est mort ?

On lui apprit la mort de Catherine et il faillit dire « tant mieux ». Il gardait le silence et, les uns après les autres, dans la pensée qu'il avait besoin de repos, ses camarades le quittèrent. En fait, il commençait à battre la campagne. La fièvre étendait son domaine sur lui. Cette couche, qui lui avait semblé si molle après tous les heurts de la grève, tournoyait dans son cauchemar, il s'enfonçait, il s'enfonçait ; ce fut quand sa mère le toucha qu'elle s'aperçut de son mal. Dès qu'elle l'eut touché, il gémit. Il délirait. Elle l'écoutait avec effroi et respect, car elle croyait, en bonne îlienne, que les fiévreux possèdent le don prophétique. Il imitait le glas de Catherine Boulch…

Le lendemain matin il réclama Thomas Gourvennec. Il voulait se confesser, c'était tout le tas des péchés, sur lui, qui l'étouffait, qui lui infligeait cette soif et cette sueur, et, dans quelques heures, peut-être allait-il mourir comme un chien sauvage. Cela ferait quatre morts depuis le début de la tempête. Dieu n'aimait plus les îliens, des gens sans prêtre…

Thomas se rendit auprès de son ancien camarade, dans le dessein de le ragaillardir et de consoler la famille Guichaoua, mais Jules, inlassablement, réclamait d'être entendu en confession et, comme les autres se joignaient à lui, disant que c'était là un caprice de malade, aisé à satisfaire, Thomas se résigna, de guerre lasse. La veille, Catherine Boulch, elle aussi, avait demandé à se confesser et il avait refusé de l'entendre. Elle était morte – n'aurait-il pu lui accorder, à ses derniers moments, une petite grâce ? La mère Boulch interrompait ses sanglots et son éloge de Catherine pour grogner contre un homme incapable de se décider ; ce n'était pas la peine, assurait-elle, que l'île payât le presbytère à un fainéant ! un grand paresseux bien nourri ! On aurait mis un aviron au presbytère, il se serait aussi bien débrouillé que lui ! Comme si cela eût coûté d'entendre la confession de Catherine, une pauvre fille qui n'avait guère commis de fautes, la brave enfant ! Tout ce qu'il savait, c'était offrir du poisson – du poisson qui n'était même pas à lui, d'abord, qu'on lui avait donné ! Et encore le poisson était-il arrivé trop tard ! Il n'avait pas été perdu pour tout le monde, mais Catherine n'avait pu y toucher… Le père Boulch et les voisines avaient répété à Thomas, qui recevait les reproches, droit comme une perche, les yeux fixés sur la terre battue, de ne pas s'inquiéter, de penser à autre chose. C'étaient là propos de femme égarée. L'oncle Lannuzel l'avait bien mis en garde, aussi, quand il voulait l'installer au presbytère, contre les désagréments possibles. Thomas faisait pourtant la grimace. S'il devait cesser d'être populaire, il aimait mieux planter là le presbytère et retourner pêcheur. La vie n'était acceptable pour lui, il ne se résignait à des mœurs de prêtre, que si tous et toutes lui accordaient leur affection… Aujourd'hui encore ces idées lui trottaient dans la tête, et Jules Guichaoua prêchait une sorte de converti.

Les gens sortirent de la pièce. Jules voulait parler devant eux. Il déclarait qu'il n'y avait là personne de trop et que sa confession servirait à leur expérience, mais Thomas ne l'entendait pas ainsi. Son cœur battait à se rompre, comme la première fois qu'il était monté en barque pour le continent. Dans quelle singulière aventure s'engageait-il, et s'il est beau que l'homme, par le moyen du navire, marche sur les flots, n'allait-il pas, chose plus belle encore, marcher sur les âmes ? Jules exposa ses pauvres péchés. De la jalousie, du chapardage, de la cruauté… D'instinct, tandis qu'il racontait ses histoires, Thomas les écoutait avec passion, comparant la version du pêcheur à ses hypothèses, heureux de connaître enfin la vérité, le détail qui échapperait aux îliens. Il fouillait un homme. Il explorait un homme. Le métier de prêtre lui apparaissait comme le plus beau qui fût et il ne doutait pas de se rapprocher maintenant de la lumière qu'en secret il avait toujours cherchée, du bien qu'il avait désiré toujours… Jules avait allumé des feux et, peut-être, causé un naufrage. Il avait enlevé un bijou au doigt d'un mort. Il avait démoli les casiers d'un pêcheur qu'il n'aimait pas…

Thomas se recueillit, puis il harangua son ancien camarade. Ce n'était pas fameux, cette confession, mais, à la rigueur, cela pouvait aller. Par exemple, le bijou enlevé au doigt d'un mort et que Jules avait caché, il faudrait l'offrir à la Sainte Vierge. Il ornerait la statue de l'église. Avant de continuer, Thomas fit entrer les gens pour que la pénitence infligée à Jules fût plus solennelle. Jules dut promettre de se rendre à Saint-Tugen en pèlerinage quand il serait guéri. Il prétendait qu'il ne guérirait pas. Thomas éclata de rire et l'assura que, pour un mourant, il avait la tête bien solide, encore, sur les épaules. Au bout d'un silence, les autres rirent aussi.

Quelques jours après, Jules Guichaoua, remis d'aplomb, partait pour la pêche et, le soir, il rapportait au presbytère un gros merlan. Il fut prié de rester souper. Le merlan ne fit pas long feu et le repas fut très gai jusqu'au moment où Thomas rappela le pèlerinage de Saint-Tugen à son pénitent. L'autre haussa les épaules. Il ne fallait pas s'occuper avec sérieux de cette frime. Thomas devait bien sentir qu'il n'était pas plus recteur que lui, Jules, n'était fermier général ! La fièvre portait la responsabilité de l'affaire ! Thomas heurta la table du poing. Cette mauvaise foi l'irritait d'autant plus que tout n'était pas faux dans les paroles de son contradicteur. Jules irait à Saint-Tugen ! Non, répondit Jules. Thomas se leva pour lui lancer un coup de poing dans la figure, mais il se contint et, le secouant par les épaules, il le mit dehors. Jules voulut rentrer, mais la porte avait été loquetée. Quelques minutes il demeura dans la ruelle, face à la porte et, à tue-tête, il proféra des injures.

Son attitude fut sévèrement jugée. L'oncle Lannuzel le traita de morveux, les femmes et les jeunes filles se détournèrent de lui ou lui jetèrent des brocards. On louait la modération de Thomas qui ne se plaignit de rien dans son sermon du dimanche et on se moquait des contradictions de Jules : il soutenait que Thomas n'était rien de plus qu'un autre, mais il ne manquait pas une des cérémonies que Thomas organisait dans l'église !... Jules se soumit donc. Ce n'était pas un méchant. Et cette victoire de la religion excita les îliens.

VIII

François Guillerm, pendant la convalescence de Jules Guichaoua, lui avait apporté un bouffe-merde, l'oiseau dont la chair est drue et revigorante.

Il suivait son idée. Quelques jours plus tard, alors qu'il ne lui avait rien offert depuis son installation au presbytère, il apportait à Thomas, d'un air naïf, un énorme congre. Cependant, au bout d'une semaine, il revint à la cure et, en grâce, sans aucun préambule, il pria qu'on lui rendît ses deux pièces. Il les méritait bien ! Il s'était exposé à la mort pour sauver Jules et on ne pouvait pas non plus le traiter d'avare puisqu'il avait donné le bouffe-merde et le congre ! Thomas éludait, plaisantait son homme, l'autre n'écoutait rien. Il savait, disait-il, que Thomas n'avait pas jeté les deux pièces. Qu'il les lui rendît donc ! Il les méritait, il avait sauvé un homme de la mort !... N'arrivant pas à lui faire honte de ses supplications, Thomas se mit en colère et, avec plus ou moins de justesse, il ironisa sur les mérites de François Guillerm : s'il n'était pas entré dans l'eau, un autre y serait entré et aurait retiré Jules ! Offrir un sale oiseau qui bouffait de la merde ! Et c'était de lui-même qu'il avait proposé de donner les pièces !... Atterré, ses dernières espérances à vau-l'eau, François marcha vers la porte. Avant de franchir le seuil il se retourna. Il avait été généreux, il avait supplié deux fois au lieu d'une, sa patience était à bout ! Si Thomas lui laissait franchir le seuil, lui, François, il ne remettrait plus les pieds à la cure et ce serait la guerre ! Il réussirait à se venger !

Thomas Gourvennec balança s'il n'informerait pas l'oncle Lannuzel des menaces que proférait Guillerm. Comme il risquait, en parlant, de causer dans l'île du remue-ménage, il choisit de garder le silence.

Il était préoccupé. Il se sentait, à défaut d'un prêtre, nécessaire à l'île, et il ne voyait point qu'on l'entourât de ce respect universel qu'il désirait tant. La mère Boulch l'injuriait parce qu'il ne voulait pas entendre sa fille en confession ! Jules Guichaoua commençait par refuser d'accomplir sa pénitence ! François Guillerm réclamait à l'église deux pièces d'or ! On l'aimait bien, on lui souriait, on s'occupait de lui, mais on prétendait diriger sa conduite…

Aussitôt qu'il le put il gagna le continent, où il resta plusieurs jours. Il alla chez le recteur d'Audierne, qui s'emporta contre lui. Est-ce qu'on savait seulement, dans son île, toutes les affaires que réglait un évêque ? L'évêque n'était pas à la disposition de Sein ! « C'est drôle, remarquait Thomas, c'est drôle que l'Église laisse de côté un pays qui lui rapporterait de l'argent ! Ce n'est pas sa coutume ! » Une telle réflexion lui valut un rappel à l'ordre et des insultes contre l'île – un repaire de brigands… Le sabotier s'émerveillait de la curiosité de Thomas pour ce qui concernait l'Église. Une fois que la langue lui démangeait trop, il interrogea son élève : « Tu veux être prêtre ? » L'autre nia. Les deux hommes conversaient de la messe et des vêpres, du bréviaire, de l'habit ecclésiastique, sans jamais se lasser…

Thomas apprit des siens que François rendait visite, chaque jour, au paralytique et lui offrait des douceurs – du biscuit, des morceaux de sole, du bois sculpté. Le paralytique était fier d'un crabe sculpté que François lui avait offert et qu'il conservait sous sa paillasse. Moitié sérieux, moitié plaisantant, Thomas s'enquit si le vieillard ne donnerait pas ce crabe pour l'église. Sur l'autel de la Vierge il serait si bien ! On verrait ainsi que la Vierge protégeait la mer. On pourrait encore le mettre au bas de la statue de saint Michel, sur le monstre, à côté de l'épée blanche. Ce serait un nouveau démon, que le saint va tuer après l'autre. Le vieillard ne voulait pas entendre parler de ce cadeau. Il n'était pas mort, il serait temps, après sa mort, de savoir où iraient ses affaires, le crabe était à lui… Une heure après, comme son petit-fils se trouvait seul avec lui dans la pièce, le paralytique, d'un air bizarre, lui conseilla de quitter la cure. Le métier de prêtre lui porterait malheur ! Il ferait mieux de se marier ! D'ensemencer une femme ! Thomas était abasourdi par ce langage. Son grand-père, si calme ! Il flairait là-dessous une manœuvre de François, mais il avait beau réfléchir, il ne devinait pas quel intérêt mènerait un homme à l'écarter du presbytère. Ceux-là le connaissaient mal qui le soupçonnaient d'ambition. Il plongea ses yeux dans les yeux du vieillard et changea brusquement l'entretien. Quel bel osier il avait donné à son grand-père ! Quel bel osier il lui donnerait encore ! Le vieillard bégaya un remerciement…

Contre le faux individu, ni pêcheur, ni prêtre, qui lui apparaissait comme un dangereux ennemi, un voleur de pièces d'or, François se rendait compte qu'il serait vain de chercher à ameuter l'île. Les gens étaient fiers de Thomas, ne doutaient pas de sa loyauté, ni de son intelligence. Le pêcheur s'insinua chez les Kernéis. Il n'y manquait jamais une occasion de complimenter Scolastique, lui attribuant mille petites qualités féminines, et avec tant de flamme, de jurons, de promesses qu'il trouverait un mari à la jeune fille… Il usa de la salive en pure perte. Il eut beau haranguer séparément le père et la mère Kernéis et les exciter à lancer leur fille contre Thomas, qu'il prétendait amoureux fou de Scolastique, il ne réussit qu'à les buter. C'était une affaire enterrée, lui disait-on. Croyaient-ils vraiment, reprenait François, dans un gros rire gouailleur, que Thomas était un prêtre ? Un prêtre de bois, sans plus de sexe qu'une planche ? La mère secouait la tête. C'était une affaire enterrée. François dut en rester là. Il vit le moment où on allait le traiter de vilain homme, de grossier personnage. Après cela les Kernéis le surveillèrent et il eut beaucoup de mal à rencontrer Scolastique seule à seul. La jeune fille ne répondait rien à ses paroles. Elle se cachait la tête dans les mains et, quand il voulut la presser, elle éclata en larmes. Il hésita, mais il se répétait que Scolastique, par ses larmes, trahissait son amour pour Thomas Gourvennec, et il approcha d'elle. Il commença une tirade pateline qui n'alla pas loin. Scolastique se leva comme une folle, lui cracha au visage, et il n'eut pas le temps de la gifler. Elle s'était enfuie.

L'échec enfonça le pêcheur dans sa résolution. Un bonhomme qui prenait sur les gens un tel empire ne pouvait être qu'un très dangereux bonhomme ! Dans les premiers jours de février, un matin de brume, alors qu'il gagnait une crique, il rencontra Lisette Le Bihan en train de suivre la laisse de haute mer. Pieds nus, elle avait retroussé sa jupe de dessus et la ramenait devant elle comme une poche où mettre son bois. Cette apparition dans la brume bouleversa François Guillerm. Depuis que Scolastique lui avait craché dessus, il s'était assombri, il nourrissait contre l'île une haine imprécise, il désirait commettre un mauvais coup. « Tu as l'air d'un brigand ! » remarquait justement Lisette. Le sang lui envahit les joues. Il regarda les jambes de la femme, fortes et blanches, marbrées de bleu, et, tandis qu'elle passait près de lui, il la culbuta. Elle n'avait pas crié ; à tout hasard il lui heurta la tête contre les pierres. Elle veillait, de ses mains tremblantes, à tenir relevée sa jupe de dessus et à ne pas laisser tomber les morceaux de bois. Elle pleurait... Quand elle se redressa, elle insulta le pêcheur, mais elle continuait à serrer contre elle ses morceaux de bois, ce qui ne lui donnait pas l'air bien terrible, et elle n'osait pas crier. Elle lançait ses insultes entre haut et bas. François se moquait d'elle. Au lieu de dire ses malhonnêtetés inutiles, ne se déciderait-elle pas, enfin, à le remercier ?

Toute la nuit, dans le lit clos, Lisette demeura éveillée. Elle était sans cesse sur le point de secouer son mari et de lui raconter l'histoire.

Parce qu'elle manqua de courage cette nuit-là, Lisette Le Bihan devint la chose de François Guillerm. Elle n'avait pas pensé un seul instant qu'elle dût le craindre. Elle se promenait dans l'île avec la même tranquillité qu'auparavant, la tranquillité des autres femmes, et il la surprit encore. Cette fois, quand il s'approcha pour la serrer contre lui et la renverser par terre, elle le griffa. Elle s'interdisait de crier. Elle se croyait forte, bien campée sur ses jambes, bien pleine de colère. Les yeux hagards, les joues en sang, il brandit les poings. Elle tenta de les saisir entre les mains, il se dégagea et, au risque de lui briser la jambe d'un coup de sabot il lui frappa la cheville droite. Elle était à sa merci ; elle ne songeait pas à se battre.

Elle aurait pu se blottir chez elle, mais, de temps en temps, elle ne résistait pas à une curiosité malsaine, au désir de s'humilier. François lui décochait des railleries. Était-ce aujourd'hui ou demain qu'elle parlerait à Yves ? Quand se confesserait-elle à Thomas ? Maintenant qu'il possédait sur elle un pouvoir, il s'amusait de lui mettre en tête une œuvre de charité bizarre, arracher Thomas à ses occupations sérieuses en lui rappelant l'existence du corps féminin ; éprouver sa religion, ne serait-ce pas lui rendre service ? Lisette riait, troublée. Elle rôdait autour du presbytère. Un jour qu'elle attendait dans l'église, Thomas entra et elle se mit à lui parler. Ils passèrent dans la sacristie. Au dernier moment, elle considérait avec terreur le visage calme qui se penchait vers elle. Elle tint des propos incohérents et partit en toute hâte, au milieu des conseils que Thomas lui prodiguait.

François Guillerm cherchait dans Audierne quelqu'un qui sût lui écrire une belle lettre, on lui indiqua le sabotier. Il alla le voir. Lui dit qu'il voulait signaler à l'évêque les histoires de l'île – un pêcheur qui s'installait au presbytère, une paroisse qui rampait devant un faux recteur, toutes sortes d'erreurs en perspective et de désordres. Le sabotier se frottait les mains. Il aurait fini par connaître ce qui en était ! Il tut ses relations avec Thomas Gourvennec et rédigea une longue lettre, pour laquelle il n'accepta aucun salaire. Trop heureux, disait-il, d'obliger la religion. François était ahuri, un peu choqué de cette bienveillance. Il soupçonnait un piège et il fallut que le sabotier lui racontât en détail son ancienne vie pour qu'il se déridât. Aussitôt qu'il fut parti, le sabotier détruisit la lettre. Il se frottait les mains, certain désormais que Thomas lui raconterait tout.

IX

Depuis des semaines le printemps multipliait les signes, tantôt de son approche, tantôt de sa venue.

Les troupes de sansonnets voletaient, les tas de goémon noir séchaient dans le vent, la végétation des grèves assurait à l'île un jardin continûment fleuri. Il n'y avait pas sur la dune, comme dans la campagne, d'arbres nus qui démentissent la promesse de la lumière, plus longue chaque jour, pas de mamelons ni de talus à l'ombre glaciale. L'ombre vague des nuages, seule, se reflétait sur l'herbe. Seuls étaient froids, pour les pieds nus, les galets mouillés par la mer.

Hélas, il n'existait pas non plus, sur le récif, le bouillonnement des ruisseaux et des sources, alors que le printemps fait craquer la terre et que toutes les routes tremblent et suintent, que des volcans d'eau pure lancent leurs coulées sur les pentes des collines. Il n'existait pas ici, ce miracle de la terre qui s'arrose elle-même, qui se transforme en pâte, en levain d'où surgiront les plantes. Les mille rigoles et ruisseaux, canaux et chenaux, rus et ruisselets, n'existaient pas.

D'autres grâces étaient réservées à l'île. Ce récif portait son printemps, qui n'était pas celui de la terre.

Des harmonies et des correspondances renaissaient de l'antan. Par une journée calme et sans nuage, la couleur du soleil s'accordait soudain avec la teinte du sable, l'éclat des rayons répondait au poudroiement des paillettes de quartz. Les morceaux d'un miroir magique, dispersés parmi les grèves, soudain étaient retrouvés. Accord entre le bruit doux des vagues le long de l'île et la lumière fixe. Accord entre la lueur plate d'un trou d'eau qui étincelle et l'image du soleil, le soir, lorsqu'il se retire, nu et seul. Accord entre la brume, l'herbe de la dune, le bruit de la mer, la tiédeur du matin. Accord entre la lumière et une bulle d'écume grasse, un peu jaune, qui fond sur le sable dans un pétillement de feu. Accord entre le goémon bai brun, fraîchement arraché, et le bleu neuf du ciel… Toutes sortes d'amitiés entre des odeurs, des couleurs, des bruits et des présences renaissaient après l'hiver, connues seulement des îliens – et ceux-ci ne s'en doutaient pas. Des mouvements d'oiseaux, le geste d'une lame sur un récif, achevaient inexplicablement les paysages – ou bien c'était une brise, une plante grasse enracinée sur la grève même, entre des galets bleus, la lenteur d'un homme qui godille.

Des fleurs, au hasard de l'île renaissaient. Au bord des rivages, les fleurs du Saint Sacrement, dont le vent fripe les grands pétales d'un jaune pâli, et dont l'amertume se lie si bien à l'irruption de la dune sur la grève, recommençaient leurs groupes. Il ne semblait pas que leurs racines s'imprègnent d'eau. Elles devaient sortir de pierres magiques, s'imprégner et vivre de pierre…

Les marguerites, à même l'herbe, renaissaient. Le vent dissipait les coquelicots le jour même de leur floraison, et leurs têtes noires se dressaient, mélancoliques, tels des chauves qui ont perdu leurs perruques. Les boutons-d'or résistaient mieux, ainsi que le trèfle blanc et le thym, qui participaient à la dune et qui, sous les pieds, composaient un tapis crépu et moelleux, dru dans le sol comme des coquillages sur une épave, un vivant goémon souple et caressant.

Dans la lumière, les choses existaient et s'unissaient. La lumière fortifiait, vêtait les choses. Des glacis, des contrescarpes de lumière protégeaient les maisons, les grèves, les rochers. L'île foisonnait de groupements d'êtres. Les mouches bourdonnaient déjà, grésillaient contre les vitres, noires et monotones, suggérant à l'âme d'étranges envies et des craintes étranges, de voyage, de liberté, de pourriture, mais, d'abord, de pullulement terrestre. Le même conseil était répété par les bancs de petits poissons qui entraient dans le port et que trahissait la nouvelle limpidité de la mer. Des pensées de nomadisme, de faiblesse devant les éléments, mais, d'abord, le respect de la tribu et la nécessité de se reproduire. Et il n'était pas jusqu'aux rayons du soleil qui n'apparussent comme une famille, comme un clan joueur et fertile.

Thomas Gourvennec, pour la première fois admirait à loisir la résurrection de l'île. Il ne sortait plus en mer et, pendant la journée, il se trouvait le plus souvent le seul homme d'âge robuste resté dans tout le village. Comme la bonne nourriture et une vie sédentaire le faisaient grossir, il aimait à se promener. Il circulait tout le long des rivages, suivait les criques et les baies, ou bien il coupait l'île par le milieu et se rendait du port à l'extrémité occidentale, face à la chaussée de Sein. Il visitait les parcelles que cultivaient les femmes et les filles. Il allait lire son bréviaire sur une grève, dans un endroit ensoleillé et abrité du vent. Il ne manquait toutefois jamais, avant de sortir, de renseigner la *karabassen* sur la direction qu'il prenait. S'il en était besoin, on saurait où le chercher.

La nature se décidait visiblement pour une existence claire et ardente, rappelant à Thomas qu'il était temps, pour lui aussi, de choisir.

Des amours s'ébauchaient entre jeunes gens de l'île, arrangées le plus souvent ou approuvées par les familles, et qui vêtaient, sur l'étroit récif, un caractère instant. Les couples, de jour, ne pouvaient pas s'égarer dans les grèves : de terre ou de mer ils risquaient d'être aperçus. Une brume, seulement, dressait parfois sur la dune une forêt bienveillante, et les amoureux se hâtaient de fuir, la main dans la main, à travers les arbres bleuâtres que poussait la brise. Le soir, entre le repas et les veillées, ils s'échappaient quelques minutes. Scolastique et un cousin de François, Jean Guillerm, le pêcheur qui s'était jeté à l'eau, pendant la tempête, pour sauver la barque Kernéis, se fréquentaient ainsi. Un dimanche, Thomas Gourvennec les surprit, allongés l'un à côté de l'autre, devant son rocher préféré. Ils se levèrent. Thomas ne dit rien et se contenta de frapper sur l'épaule le jeune homme, qu'il estimait un brave pêcheur. Le lendemain, la mère Kernéis entrait au presbytère, toute tremblante, la coiffe de travers. Elle s'accusait de négligence. Thomas allait croire que sa fille était une pauvre traînée – grâce à Dieu il n'en était rien ! Jean et Scolastique se rencontraient honnêtement et ils se marieraient bientôt, en juin ou juillet. Elle aurait dû cent fois prévenir Thomas et solliciter son conseil – ne jouait-il pas ici le même rôle qu'un prêtre ? Seulement elle craignait de l'ennuyer avec Scolastique, cette fille ne lui avait déjà causé que trop de soucis ! Thomas ne la démentit point quand elle parla de lui comme d'un prêtre. Il n'était pas un prêtre bien sûr – inutile de le crier sur les toits ! Les gens avaient trop besoin d'un prêtre. Il dit à la mère Kernéis qu'elle aurait dû le renseigner plus tôt, mais que cela n'avait plus d'importance, Jean Guillerm serait pour Scolastique un bon et honnête parti. Dommage, seulement, qu'on ne pût marier les jeunes gens sur l'île. Ils devraient se rendre à Audierne ou à Lescoff, car les prêtres de ces paroisses n'aimaient pas à se déranger. La mère Kernéis regrettait cette contrainte et elle s'en ouvrit. Quelle affaire ! Et ç'aurait été si simple que Thomas fît le mariage ici, dans la vieille église de tout le monde. Elle le regardait avec un sourire complice.

— Tu marierais aussi bien qu'un autre, tu en sais dix fois trop.

— Oui, je marierais aussi bien qu'un autre, répondait Thomas sans fausse modestie. Je sais les bénédictions.

Le sabotier avait poli son instruction religieuse et il se sentait capable de marier n'importe quel couple, des grands de la terre comme des pauvres gens, sans se tromper dans les oraisons.

Il ajouta :

— Mais je n'ai pas le droit.

— Tu es bête !

La vieille ne voulait rien entendre. Ce n'était pas une question de droit. Ou bien l'Église avait-elle le droit d'abandonner l'île sans le moindre petit vicaire, elle qui regorgeait de prêtres et de moines ?

Jules Guichaoua et Mathieu Kervern s'étaient loués sur un chantier d'Audierne, où, après un an de travail passé à construire des barques pour les autres, on leur permettrait de travailler pour eux. Thomas les rencontrait à chaque séjour sur le continent et, s'il devait coucher à Audierne, il les réunissait le soir chez le sabotier. Les trois îliens bavardaient du pays sans scrupules, car le sabotier se passionnait pour l'intrigue religieuse en train de se nouer là-bas. Jules n'était plus le pêcheur têtu et retors qui refusait de confondre un prêtre et un bon camarade, et le mépris des Audiernistes pour leur pauvre petite île, une île où d'abord il n'y avait pas de recteur, l'entretenait dans un amour plein d'injustice envers son lieu de naissance. Il encourageait Thomas à manifester son autorité sur la paroisse. Sans déclarer encore que Thomas était prêtre, il reconnaissait qu'il devait agir comme un prêtre, l'exhortait à écouter les gens – si les gens lui demandaient de remplacer un prêtre, de dire la messe, de servir les sacrements… Thomas se tournait alors vers le sabotier qui, frétillant de joie, approuvait les paroles de Jules et se moquait du recteur d'Audierne.

De retour à Sein, où l'oncle Lannuzel, de temps en temps, le relançait au presbytère, ainsi que son jeune frère, Pierre, qui l'accusait de lenteur, Thomas s'émerveillait de sa puissance. Il était le maître de l'île. Ce presbytère, cette église, ce cimetière, tout ce quartier chrétien sans quoi les maisons du village ne seraient plus qu'un médiocre hameau habité par des sauvages lui appartenait. À lui les heures de l'île, encastrée dans la règle chrétienne. À lui l'angélus de l'aube, l'angélus de midi, l'angélus du soir. À lui le son des cloches, les sermons et les prières, la prudence et le bon conseil… Le dimanche de la Septuagésime, déjà, il avait usé de hardiesse. Au lieu de lire, après l'Évangile, les commentaires qui expliquent la parabole, il exprima sans détour ce qu'il pensait. Il ne comprenait pas l'Évangile, voilà ce qui était, et il ne trouvait pas juste que les ouvriers de la onzième heure fussent payés autant que les ouvriers de la première heure. Certainement Dieu n'avait pu se tromper et le sens de cette histoire se cachait quelque part, mais non dans les commentaires. Lui, Thomas Gourvennec, il ne protestait pas, il ne se le permettrait jamais, il n'était qu'un pauvre bonhomme comme les autres et Dieu était Dieu, – simplement il ne comprenait pas… Dans son allocution du dimanche, maintenant, il traitait des sujets profanes aussi bien que des sujets religieux. Responsable devant Dieu de sa paroisse, il utilisait ses promenades dans l'île pour en connaître les besoins, et les sermons du dimanche pour donner aux gens le sens d'une politique commune. Ce qu'il disait aux îliens, dans le privé, il le reprenait à l'église, sûr seulement, de cette manière, de l'entrer dans ces têtes dures. Qu'il faudrait bien se décider à construire une digue devant le port, en utilisant la pointe qui fermait la baie. Les îles de l'archipel ouessantin portaient des lapins en veux-tu en voilà – pourquoi ne pas élever ici des lapins ? Le sevrage alarmait les femmes – pourquoi ne pas élever ici une dizaine de chèvres, dont le lait serait réservé aux enfants ? Toute l'île, pendant la semaine, discutait ces problèmes : à la veillée, à la pêche, pendant les repas de famille. Discussions confuses, mais d'où les gens retiraient le sentiment de leur unité violente. Ils aimaient cela. Quand Thomas Gourvennec eut exposé qu'il fallait se mettre, sans tarder, à combler le détroit qui séparait le gros de l'île et les parcelles et à construire sur l'isthme une digue protectrice, les pêcheurs s'entendirent entre eux, et la moitié des barques, le lendemain, gagnèrent le continent. Elles chargèrent des pierres que les hommes avaient tirées d'une carrière abandonnée. Le lendemain ce fut au tour des autres barques de ne pas se rendre à la pêche. Leurs équipages commencèrent la digue. Par roulement, l'île, d'arrache-pied, exécuta le travail. Le détroit fut comblé. Contre les vents de suroît une digue de bonne maçonnerie protégea l'isthme ; les vagues des mauvais équinoxes passeraient par-dessus, mais ne l'ébranleraient pas tout de suite.

QUATRIÈME PARTIE

I

Déchiquetée par les éléments, composée de morceaux et de pièces, l'île existait néanmoins dans sa souveraine indépendance. Il n'y avait rien de commun entre elle et cette mer qui fermait ses rivages. Elle se détachait plus nettement des eaux que de la plaine le village fortifié. Le soleil giclait sur elle, bondissait d'elle sur la mer et de la mer sur elle ; nul vallon n'enserrait le vent, qui drainait sur l'île les odeurs du large pour emporter dans sa fuite le parfum des algues et des feux ; tout alentour, des récifs fraternels la protégeaient, l'annonçaient ou la prolongeaient ; elle était l'astre central d'une constellation d'îlots et de rocs, le dernier fragment, quelque peu résistant encore, d'un môle qui eût couru de la pointe du Raz vers la pleine mer, bien au-delà de Sein, sur le Namounic, le Lavanter et Armen ; néanmoins elle seule était l'île, elle seule retenait les hommes, des maisons et des familles – un village entier, que dominait une église. Elle commandait le paysage : entre elle et le continent s'étendait le raz de Sein, au-delà d'elle, vers l'occident, filait la chaussée de Sein. Longue et pleine de présences humaines, elle s'étirait sur la mer, on le savait bien, comme une oasis. Point d'arbres, cependant, pas de sapins ni de chênes, de hêtres ni de rhododendrons. Aucune pousse d'arbre n'eût tenu contre le vent, l'île n'était fleurie que par ses goémons, fermement collés à la pierre et, la moitié du jour, abrités sous les eaux. N'importe. Il n'y avait point de commune mesure entre l'île et les dangers au milieu desquels la Providence l'avait bâtie ou laissée. Elle n'affectait pas la forme d'un péril, elle était faite, elle aussi, de terre chrétienne.

Lorsque les îliens, exhortés par leurs chefs, avaient poussé Thomas à s'installer dans le presbytère, ils obéissaient à leur amour farouche pour leur petite patrie. Il ne leur déplaisait pas, de par leur religion, de se sentir unis avec la chrétienté tout entière ; néanmoins, avant de les unir aux autres, la religion les unissait entre eux. La religion pour eux c'était d'abord le corps matériel de la Paroisse – l'assemblée des fidèles, le curé, le son des cloches. Le jour où le prêtre leur avait été supprimé, ils avaient tendu à se désagréger, ils avaient failli perdre le sens du village. En poussant l'un d'entre eux à remplacer le prêtre, ils avaient obéi à l'instinct de la conservation. Tel le blessé qui déchire ses vêtements pour panser sa plaie, l'île s'était retiré un pêcheur.

Une rancune saisissait l'île contre l'autorité religieuse, rancune qui possédait aujourd'hui son moyen de vengeance. L'évêque les abandonnait à la mer et les jugeait bons à être des sauvages, des pillards sans foi ni loi – eh bien, les traditions chrétiennes et l'église, on mettrait la main sur elles comme sur les débris d'un naufrage et on s'en servirait à sa guise, on habiterait dedans.

Il était trop lugubre, à la fin des fins, de ne pas plus abriter la présence de Dieu que n'importe quelle zone du large, n'importe quel récif blanchi par la fiente des oiseaux. La présence de Dieu ne manquait à aucun endroit du monde. Quelle joie, cependant, de l'enfermer dans une église, d'allumer, comme un feu brillant, la présence de Dieu dans une église. Depuis le départ de M. Pennanéach, Dieu ne se tenait pas plus dans l'église que sur la grève, dans les criques ou dans les barques. N'était-ce pas une honte ? Le grand vaisseau de l'église, Dieu ne l'ensemençait pas de la fertilité de sa présence, l'église demeurait terne. Alors que la présence de Dieu aurait pu l'illuminer et la remplir comme le flux une anse large et pleine... Si un vrai prêtre avait seul le droit d'introduire dans l'église une immense présence de Dieu, que Thomas se déclarât un vrai prêtre. C'est un homme qui sait parler et que Dieu favorise, sans doute, lui fournissant, pour dire vite, prudemment et avec précision, tout ce qu'il pense, une manne de paroles. C'est un homme qui s'abstient des femmes et qui couche seul, dans le lit clos solitaire d'une grande pièce. C'est un homme dans le genre de saint Pierre, qui a cessé de pêcher des poissons pour pêcher des hommes. C'est un homme qui aime les autres et qui dirige les autres. Il prend soin de sa paroisse comme un paysan d'une ferme, comme un berger de son troupeau. Il connaît les besoins des siens, il cherche leur bonheur. Il se détache entre les îliens comme l'île entre les récifs, comme un évêque entre les prêtres. Si quelqu'un mérite d'introduire un jour l'esprit de Dieu, toute l'envergure de Dieu dans l'église de l'île, c'est bien Thomas. L'église redeviendrait le lieu des émotions les plus belles, des fêtes sacrées les plus poignantes. Capturer un canard sauvage ne comblera pas mieux le cœur que de chanter le *Credo* dans l'église. Un retour du large par vent arrière dans les voiles ne l'emportera pas sur la communion. Dieu lui-même accessible à tous. Des garnisons d'hosties occuperont et défendront l'île. En recevant leur Dieu, tous ensemble, le dimanche de Pâques, les pêcheurs accueilleront le seul philtre qui puisse les unir et leur livrer le monde.

Ils savent bien, eux, les pêcheurs, qu'ils doivent se remettre à un autre du souci de leurs âmes, et ils sont prêts à vouer obéissance, eux, les sauvages, si un homme, digne de commander, leur propose de les conduire.

II

La haine de François Guillerm ne désarmait pas. Il haussait les épaules de l'engouement de ses compatriotes pour Thomas, de cette ardeur religieuse qui bouillait comme une soupe et qui déborderait, il l'espérait bien, en vidant la marmite. Ces sauvages, ces hommes aux grosses mains, qui trouvaient le moyen d'articuler, la chique dans le fond d'une joue, qu'ils ne seraient pas fâchés de communier une fois le temps, il les haïssait, il les jugeait ridicules. Des hommes que Dieu avait plantés dans une île pour dévorer la chair crue des poissons, pour se battre au couteau avec les tempêtes, pour haler des barques, quel enfantillage !

Si Thomas devenait le curé de l'île, François ne savait pas que la présence de Dieu serait plus claire et une chose seulement lui était nette : on verrait Thomas partout. Déjà on ne le voyait que trop souvent, on ne soupçonnait que trop souvent sa présence. Quand les barques péchaient dans les entours de l'île, il n'était pas rare que l'on aperçût le prétendu recteur en train de lire au soleil comme un gros paresseux, dans un coin abrité. On l'apercevait, lançant des cailloux dans l'eau pour se distraire, faisant des ricochets et, quand il voulait pisser, il se retournait pudiquement vers la dune. Il pissait longtemps. Il avait toute sa journée, le drôle, pour cela, il était le maître, il pouvait choisir sa place !

François tremblait de rage quand, trop intensément, une fois au large, il se représentait son ennemi en train de se promener dans l'île, de mettre l'île dans sa poche, de se concilier, par un bavardage habile, l'amour de toutes les femmes. Déjà il n'était plus le maître dans son ménage : Jeannie, sa femme, ne cessait pas de célébrer les louanges de Thomas, et ses expressions féminines l'énervaient au plus haut point. Comme la mère de Thomas peut être fière ! Comme elle peut être fière, celle qui a porté dans son ventre et allaité à ses mamelles Thomas enfant ! Quelle joie ce serait un jour si un fils Guillerm se montrait tout pareil à Thomas ! Il n'avait pas encore osé la contredire, mais, dans le lit clos, la nuit, il se réveillait parfois, et il faisait des efforts pour ne pas se rendormir et pour ruminer sa colère contre Jeannie, qui ronflait, et dont l'odeur remplissait l'ombre opaque. Jean Guillerm, le cousin, depuis le jour où Thomas l'avait rencontré allongé à côté de Scolastique et lui avait frappé sur l'épaule, assurait qu'il n'existait pas dans l'île un plus honnête homme que Thomas. Le dimanche, Gabriel et Louis-Marie, les deux grands fils de François, essayaient de se placer dans les premiers rangs de l'église pour bien écouter le sermon. Un voleur de pièces d'or détruisait la vie familiale ! Fatigué de la journée en mer, François sautait sur la grève et, les pieds pesants, à chaque bras un panier de pêche, il marchait vers sa maison et, avant même d'entrer dans la ruelle, il voyait Thomas, l'effrayant et hypocrite bonhomme, en train de caresser un enfant sous les yeux d'une femme. « Dis donc, il est beau ton petit, Marie-Jeanne ! » Marie-Jeanne, la gorge gonflée de joie, souriait humblement, puis elle tirait de la pièce, derrière elle, un marmot quelconque et le tendait à bout de bras : « Tiens ! tu devrais bénir celui-là ! » Et, si Thomas se faisait prêtre, ce serait pis !

Dans sa fureur contre un homme qui lui avait volé deux pièces d'or, il alla jusqu'à promettre deux pièces d'or à Lisette Le Bihan si elle s'arrangeait pour coucher avec Thomas et se laisser surprendre en pleine action. Quand François lui parlait, Lisette Le Bihan voulait bien n'importe quoi, tout lui semblait facile – mais, dès qu'il tournait le dos, elle n'osait plus. Que diable ! lui disait-il, une mère de famille comme elle, une nageuse comme elle, ce doit être simple pour elle d'empaumer un homme – et plus simple encore s'il s'agit d'un homme privé de femmes et qui se croit le maître de tous ! Elle n'avait qu'à frapper au presbytère, demander à Thomas des conseils sur l'éducation de ses enfants, le lancer dans des discours, et puis quoi, à ce moment-là, si elle ne se conduisait pas en fillette imbécile, elle trouverait bien le moyen d'amener Thomas où elle le désirait ! Un après-midi de soleil que les hommes pêchaient au large, Lisette s'arma de courage. Elle mit sa belle coiffe et frappa au presbytère. Thomas était sorti. La *karabassen* lui conseilla d'aller voir du côté des parcelles, et Lisette Le Bihan se mit en route, le corps glacé comme en hiver, sous le beau ciel bleu. La lumière brasillait sur la dune, sur les grèves, sur les goémons qui allongeaient contre l'eau leurs chevelures. Une lumière ardente, qui chantait l'éclosion des graines, l'achèvement des espérances. Des morceaux de lieu, sur des pierres, séchaient et jaunissaient au soleil qui les rapetissait. L'air sentait le coquillage et le sel.

Lisette se partageait entre la confiance et la crainte. Elle ne se connaissait plus aucune force, mais elle se répétait qu'une bonne étoile veillait sur elle. La chose que désirait tant François Guillerm se produirait. À cette heure, pêcheur puissant, dans le parage de quelque récif où la mer écume, ou bien perdu sur une zone de mer calme et grasse, avec la meute blanche des mouettes, il ne se souciait que des proies de la mer ; et voilà que, loin de lui, uniquement par son ordre, unie à lui par un lien invisible et tenace, elle accomplirait un acte étrange, elle saccagerait les restes de sa vie honnête et la vie honnête d'un homme. « Alors, Lisette ? » Thomas était en train de conseiller une vieille sur la culture des navets. Il avait dû lui proposer son aide, la vieille s'était rebiffée ; il se rabattait sur l'offre d'un conseil. Lisette, effrontément, regarda les yeux de Thomas, mais, n'y lisant pas les envies charnelles qu'elle eût désiré y lire, elle se détourna, comme sans raison, et, le cœur battant, elle contempla le village sans le voir. « Qu'est-ce que tu fais donc ? » lui demanda-t-il. Elle n'eut la force que de raconter sa visite au presbytère ; ils dirent adieu à la vieille, et, quand ils marchèrent l'un à côté de l'autre, elle s'entendit, avec stupéfaction, parler de pièces d'or.

Elle interrogeait Thomas sur la meilleure façon d'employer deux pièces d'or, dont elle se déclarait propriétaire ! Ne les accepterait-il pas pour son église ? Thomas se grattait la tête. Ces deux pièces d'or lui en rappelaient deux autres, qui lui avaient causé bien du souci. Il se méfiait de l'histoire. Lisette prétendait que les deux pièces lui étaient venues très honnêtement entre les mains ; il continuait de la rebuter : cet or-là ne lui appartenait pas en propre et son mari seul avait le droit d'en disposer et de l'offrir. Elle pleurait un peu et Thomas, qui crut l'avoir affligée par son refus, dit qu'il parlerait des pièces d'or au père Le Bihan. « Oh ! non ! cria-t-elle. Jure-moi que tu ne parleras pas de ça ! » Doctement, il l'assura qu'on ne jurait point pour ces bagatelles, mais en effet, puisqu'elle y tenait tellement, il garderait le silence. Le mieux pour elle serait bien d'abord de tout lui raconter. Cela ne semblait pas clair. « Une autre fois, répondit-elle, une autre fois ! » Elle s'esquiva.

Quand il connut l'échec de Lisette et son dessein de ne pas renouveler sa tentative, François s'emporta contre elle, la traita de garce et de bonne à rien, et il appuyait ses injures de coups de poing et de coups de pied. Elle rentra avec un œil poché. Elle expliqua qu'elle avait buté dans un caillou et s'était flanquée par terre…

Comme il était inutile d'essayer quoi que ce fût du côté de Scolastique, François faisait sa cour au vieux Gourvennec – au « pirate », ainsi qu'il l'appelait. À défaut de lui apporter chaque fois du biscuit ou telle autre gâterie, simplement il apportait des nouvelles et, assis sur un escabeau, la bouche près de l'oreille du vieux, il racontait les événements de la pêche, il situait le climat de la journée et de l'année par rapport aux journées et aux années disparues. Le vieux qui, autrefois, passait de longs moments à s'entretenir ainsi avec Thomas, était aux anges. Un soir, Jules et François arrivèrent ensemble. François avait monté l'affaire. Il savait bien que Jules présenterait mille compliments de lui, répéterait que, sans lui, il serait en train de bouffer les pissenlits par la racine, ou de donner à manger aux crabes, et le nommerait un fieffé débrouillard, un fieffé nageur… Quand il put compter sur l'amitié du « pirate », François risqua le tout pour le tout. Il raconta au vieux comme quoi Guillaume Gourvennec désirait le voir mourir le plus vite possible et, d'abord, ne plus le garder chez lui. En donnant de l'or à Guillaume on arrangerait l'affaire, et cet or, Thomas le détenait, qui avait sûrement caché dans l'île les deux pièces de François. Il fallait que le grand-père découvrît la cache, soit en faisant parler Thomas, soit en incitant les siens à des fouilles. C'était trop se confier dans la mémoire du paralytique. Copieusement épouvanté, il se trouva bien incapable, devant son petit-fils, de suivre un plan de campagne. Il roula des yeux, il baragouina le mot « pièces d'or » et, comme l'autre, inquiet des manigances qu'il soupçonnait tout à coup, ne disait rien, il s'arrêta…

Entre-temps, Thomas Gourvennec recueillait un témoignage de popularité qui le réjouit grandement. Jules Guichaoua, dont la femme avait accouché d'un garçon, était revenu dans l'île pour deux jours, et Thomas procéda au baptême du nouveau-né sur les fonts de l'église. François Guillerm était le parrain ; la grand-mère maternelle de l'enfant, la marraine. Dès qu'il eut rapporté l'enfant à sa mère, qui attendait dans son lit clos, Jules courut au presbytère et pria Thomas de l'entendre en confession. Thomas était abasourdi. Il plaisanta son camarade sur cet excès de zèle, l'assurant qu'il n'était pas bon de se confesser à tout bout de champ. Jules finit par avouer que sa confession de l'autre jour était mauvaise et qu'il avait caché à Thomas une faute grave : il avait dérobé du vin au presbytère, dans le tonneau de M. Pennanéach ! Thomas s'efforça de ne pas montrer sa joie ni son envie de rire, derrière des paroles sévères. Il blâma Jules selon la règle la meilleure, d'abord d'avoir dérobé le vin, ensuite de ne pas s'en être accusé. Si Jules était mort après sa mauvaise confession, il serait allé tout droit en enfer ! Le pêcheur allégua qu'il ne se rendait pas compte, alors, qu'en se confessant à Thomas, c'était comme s'il se confessait à un prêtre. Et puis il avait eu un complice et il craignait qu'on n'abusât de ses premières révélations pour l'obliger à tout dire. Maintenant il voyait clair. Il sentait que Thomas méritait la même obéissance qu'un prêtre et, s'il le priait de veiller à la femme et aux gosses et de leur offrir du poisson quand il le pourrait, une fois de temps en temps, il était juste, dorénavant, de ne plus rien lui dissimuler.

Sous le coup, encore, de cette preuve que l'île s'attachait à lui, Thomas, le dimanche suivant, fit un acte d'autorité. Il commença son allocution en ordonnant à la paroisse de bien marquer le passage du *Credo* : « *Et Incarnatus est de Spiritu Sancto ex Maria Virgine* ET HOMO FACTUS EST ». Il ne fallait pas avoir peur de chanter à cet endroit-là, il fallait chanter de toutes ses forces – il s'agissait de la naissance de Dieu ! Il déclara qu'une autorité ecclésiastique du continent – il voulait dire le sabotier – s'élevait contre l'usage de chanter « mou » ce passage du *Credo*. C'était pourtant bien simple ! Il s'agissait d'une naissance, il fallait chanter cela très fort, presque le crier ! On aurait beau chanter le plus fort possible, on ne chanterait jamais aussi fort que Dieu !

Quelques minutes après, l'île suivait la consigne et le chœur des fidèles s'exaspérait à remplir l'église de sa joie…

III

François était le seul homme de l'île qui ne manifestât aucun enthousiasme envers le curé provisoire. Il posait à l'homme impartial et, sans se départir de son calme, il raillait les îliens. On ne transformait pas, d'un coup de baguette, une sardine en merlan ! un garçon en fille ! Un pêcheur ne deviendrait pas curé simplement parce que tout le monde en aurait envie !

Lorsqu'il se trouvait seul avec le paralytique, François, loin de continuer à jouer la modération, simulait une terrible colère. Cela ne pouvait durer ainsi ! Il tuerait Thomas ! Feignant, par l'excès de sa passion, de dire des phrases tout haut sans s'en apercevoir, il discutait, il hésitait : l'étranglerait-il ? emploierait-il la corde ? le poison ? le couteau ? Alors il ricanait. Oui, il emploierait le couteau. Il sacrifierait Thomas comme une bête impure, il le ferait saigner, il lui déchirerait les entrailles. Le pauvre vieux, heureusement, cessait vite de comprendre, mais il claquait des dents et suait de peur. Lorsque François, après une dernière menace, brandissait son couteau et le fichait dans le bois de la table où il le laissait vibrer comme une flèche, il fermait les yeux et tentait de joindre les mains et de se rappeler une prière quelconque. Il ratait ses paniers. Il lui arrivait de perdre son osier dans sa paillasse, d'en casser les plus belles branches. La nourriture lui échappait des mains. Sa femme le grondait, sa belle-fille l'accusait de faire exprès, son fils le regardait en haussant les épaules. Des pleurs luisaient dans les yeux du vieillard, et sa gorge, encombrée de sanglots, se bombait comme s'il fût en train de boire. Sa bouche se tordait, sa mâchoire inférieure se relâchait et, au spectacle de ce visage, les autres, sans se douter que le grand-père les entendait parfois, se disaient tout haut qu'il ne ferait plus long feu. La mort ne tarderait pas à le prendre ! Condamné sans cesse, le vieillard se persuadait que sa mort était imminente, il sombrait dans l'apathie et la mélancolie, il ne parlait plus, il ne souriait plus à ses petits-enfants ; il examinait avec des yeux craintifs cette pièce d'où il n'avait plus bougé depuis plus de vingt ans, il ne la reconnaissait pas, il s'effrayait de ne l'avoir jamais connue.

Un après-midi de brume, François entra chez les Gourvennec pour accomplir sa séance. Le vieillard, ce qui ne lui était jamais arrivé, leva les mains et fit mine de le chasser. « Vieux barbu ! Vieux pouilleux ! » criait le pêcheur, et il abaissa les mains. Il le considérait de tout près. Le paralytique fermait les yeux d'épouvante. « Vieux cadavre ! » grommelait François, et il murmurait toutes sortes d'insultes contre les bouches inutiles, contre ceux qui encombrent les maisons, ceux dont les petits-fils se conduisent en criminels. Il sortit son couteau, le brandit et le ficha dans le bois de la table. Au bruit, le vieillard frissonna. Le pêcheur se retourna vers lui et, d'une voix tranquille, déclara qu'ils allaient se réconcilier et redevenir une paire d'excellents amis. Il suffirait que le paralytique empoisonne son petit-fils. La mort serait très douce. Voici un flacon qui contient un liquide ; ce liquide, il faudra en verser dans la nourriture de Thomas, rien de plus aisé quand on lui offrira un…

Le silence solennel du vieillard étonnait François, qui s'interrompit. Il n'entendait plus ce léger bruit d'haleine qui semblait celui d'une horloge très fragile, il ne voyait plus ce frisson minuscule qui semblait celui d'un poisson tiré de l'eau et qui va mourir. Peut-être le grand-père s'était-il évanoui. Il le souffleta sur une joue, puis sur l'autre, à tout hasard il lui prit la barbe, mais le vieux demeurait silencieux et immobile. « Gast ! » grogna-t-il. Et il pensa que le vieux mourait comme un imbécile, après avoir eu une belle vie, cependant, avoir pillé ses deux ou trois épaves, avoir rempli de ses enfants une maison. Puis il crut s'être trompé, un espoir le saisit et, à nouveau, il souffleta les joues creuses. Rien. Il avait souffleté un mort. La peur s'empara de lui et il recula dans la pièce, butant contre des bancs et des escabeaux, derrière lui, qu'il ne voyait pas. Il faillit tomber à la renverse, mais il ne détachait pas ses yeux du cadavre, dont la pauvre tête fripée lui rappelait une image du Christ, à l'église, contre un pilier. Il se répétait que, s'il voulait maintenant ouvrir ces paupières, le blanc des yeux apparaîtrait seulement et, à force d'y penser, il désirait accomplir le geste, il cédait à l'envie d'une profanation… Un coq chanta, des voix d'enfants s'élevèrent qui imitaient le chant du coq. Alors il bondit dans la ruelle. Quelle idée stupide il avait eue de se confier au grand-père pour l'empoisonnement. Il aurait dû opérer par lui-même, et, maintenant, il n'oserait plus.

L'air froid lui faisait du bien. Il ne répondait pas aux gens qui passaient et sur lesquels il avait la supériorité d'une connaissance étrange – il savait que le grand-père Gourvennec était mort ! Il crachait et recrachait, il marchait un peu vers la maison du mort, puis il revenait sur ses pas. La mer montait, à peine visible dans la brume. Il songea qu'il devrait sans doute prévenir Thomas, chercher dans le village quelqu'un de la famille, mais il s'en trouvait incapable. Il attendait seulement qu'un Gourvennec quelconque arrivât de lui-même et, le cœur battant, il pensait au choc que recevrait ce Gourvennec en tombant sur le grand-père, à sa course brusque hors de chez lui pour crier aux gens que le grand-père était mort…

Personne n'arrivait. Histoire de s'occuper, il longea la laisse de haute mer, qui avait été déjà pillée et repillée aujourd'hui, et, environ une heure après, tandis qu'il bavardait avec Pierre Kervern du côté de la chaussée de Sein, il entendit le glas. Il frissonna. Dans la brume le son des cloches paraissait venir, tantôt de loin, tantôt de tout près. Il était difficile de ne pas croire aux fantômes : « Qui est-ce qui a pu mourir ? » demandait Pierre, et il proposait une série de noms où ne figurait pas celui du paralytique, d'autres vieillards, des gosses mal en point, des femmes.

IV

L'île célébra de grandes funérailles. Le catafalque, dont elle était si fière, composé qu'il était de morceaux de mât et de coque, fut dressé au milieu de l'église, entouré de six cierges, pas un de moins, tous ceux dont elle disposait hormis les cierges de l'autel, et, quand le cercueil de bois clair fut posé sur le catafalque noir et que la flamme fumeuse des cierges s'éleva et que la tête de mort peinte en blanc au-dessus d'ossements croisés sembla vivre, tout le monde fut heureux : on avait bien fait les choses pour le grand-père de Thomas.

Il ne s'agissait là, cependant, que d'un début, et c'en fut bien d'une autre quand, précédé d'enfants de chœur en surplis blancs, trop grands pour eux, où leurs bras se perdaient et qui ballonnaient dans le dos, Thomas sortit de la sacristie, vêtu en prêtre, avec des ornements noirs. Il s'était coupé la barbe le matin et il avait l'air d'un autre homme, un jeune et beau prêtre, un vrai prêtre, surtout, qui ne jurait point avec l'église. Il donna l'absoute. L'encensoir poussait une fumée âcre. Impossible de s'y tromper : Thomas était prêtre. Il lançait les invocations latines avec la sûreté d'un vieux recteur, il corrigeait d'un geste les erreurs des enfants de chœur comme s'il eût donné l'absoute toute sa vie. L'île possédait un prêtre. Elle en oubliait le mort dont elle célébrait les funérailles, et les larmes de tristesse, un peu conventionnelles, qui étaient montées aux yeux des femmes tandis qu'elles regardaient le catafalque ou la famille Gourvennec, devenaient des larmes de joie. Quelle intelligence il avait montrée, cet homme, quelle bonne réplique à la mort ! L'île perdait un vieillard et gagnait un prêtre. Le change lui était favorable. Un prêtre, un homme de Dieu, quelle douceur et quelle force d'en posséder un. La présence de Dieu se déployait dans l'église. Il ne se déroulait pas ici un simulacre, un jeu, mais la plus authentique cérémonie. Tout était vrai, le catafalque, les ornements, le visage rasé du prêtre et sa belle voix nasillarde. Dieu était content. L'odeur de l'encens retrouvé semblait tonique comme celle d'un grand feu de goémon sur la dune.

Thomas Gourvennec, en revêtant les ornements d'un prêtre et en donnant l'absoute, avait plus pensé à lui-même et à sa famille qu'à la foule ; il lui paraissait qu'il ne pouvait guère moins pour son grand-père et, après avoir hésité entre prononcer une allocution, suivie de deux dizaines de chapelet, ou donner l'absoute, il avait choisi ce dernier parti comme vraiment digne des Gourvennec. Il n'avait mis personne dans le secret et il jouissait de la stupéfaction et du plaisir qu'éprouveraient les siens. Il ne songeait pas bien au remue-ménage que ce nouveau spectacle causerait dans l'église et, dans le cas présent, il regardait la foule un peu comme un accessoire. La famille Gourvennec fournissait le mort et le prêtre ; eux, mon Dieu, ils fournissaient le public.

Tout radieux, il avait regagné la sacristie et il enlevait ses ornements quand l'oncle Lannuzel poussa la porte. Les gens ne voulaient pas s'en aller de l'église, les gens empêchaient les porteurs de reprendre le cercueil. On réclamait que Thomas et les enfants de chœur vinssent en cérémonie dans le cimetière... Maintenant qu'il avait commencé, il lui fallait aller jusqu'au bout. Un enterrement catholique, un vrai, avec un prêtre et les dernières prières, on ne s'en irait pas avant qu'il ne l'ait offert.

Dans le cimetière, Thomas avait perdu sa joie. Il se sentait toujours un Gourvennec qui honore sa famille, mais cette impression avait pâli. La douleur l'emportait, de beaucoup, des adieux qu'il faisait à son grand-père, le pauvre malade tombé en enfance, qui avait été si vibrant jadis et qui l'aimait. Pauvre paralytique, qui avait déjà tellement de peine à bouger, il ne bougerait jamais plus !

Lui qui était tout gêné d'ennuyer les siens, il n'ennuierait plus personne ! Et aussi Thomas, tout à coup, se découvrait une âme de prêtre. Il croyait aux mots qu'il disait, il croyait à son pouvoir, la charge d'une paroisse lui pesait sur les épaules.

François Guillerm, en dépit des conseils de prudence qu'il se donnait à lui-même, dénigra les funérailles.

Tous ces Gourvennec n'étaient que des prétentieux ! Pour un vieux gâteux, l'île entière s'était dérangée ; on aurait cru qu'elle enterrait le roi de l'île ! « Qu'est-ce que tu venais faire alors ? » lui déclara la Fanchic du Poul-Dû. Il ne répondit pas tout de suite. Il ne pouvait expliquer aux gens les vieilles raisons de sa colère, ni le nouvel aliment qu'elle avait reçu : le crabe sculpté, la famille Gourvennec l'avait retrouvé dans la paillasse du vieux, et Thomas avait mis la main dessus pour son église ; il l'avait placé sous le glaive de saint Michel ; sculpter un crabe, passer des heures à fignoler des pattes et des pinces, et voir prendre son œuvre par son ennemi !... François se moqua des Louarn, qui avaient offert à Thomas deux douzaines d'œufs : qu'est-ce que cela signifiait donc, des œufs parce qu'un grand-père était mort ? Aurait-on idée d'une offre pareille ailleurs qu'à Sein, deux douzaines d'œufs pour consoler un homme qui a perdu son grand-père ? Fanchic, toute rouge, le morigéna. Il ne savait pas ce qu'il disait. Elle le contraignit à l'accompagner dans le village pour qu'il apprît de la mère Guichaoua la destination finale des deux douzaines d'œufs : Thomas les avait apportés aux enfants de Jules. François se mordit les lèvres. En sortant de chez les Guichaoua, il se reconnaissait vaincu sur un détail, mais, déclarait-il, cela ne l'empêchait pas d'avoir raison : tous ces Gourvennec n'étaient que des prétentieux.

V

Après un long temps de pluies et de rafales, les vents étaient remontés. Le soleil apparut tout gonflé de lumière et désireux de la répandre, l'île se réveillait dans un paradis terrestre. Les couchants et les aurores étaient les douces limites de journées chaudes et bleues.

Jean et Scolastique venaient de se marier à Audierne. Des barques étrangères mouillaient dans le port, péchaient aux environs des récifs et des écueils.

Après avoir consulté Thomas Gourvennec ou feint de le consulter, des hommes ou des femmes lui demandaient en riant quand il célébrerait sa première messe. Il riait sans répondre. Au moment d'atteindre le but de ses désirs, il se sentait obligé à la prudence. Il priait beaucoup, et, à défaut de pouvoir s'entretenir avec M. Pennanéach, qui n'eût pas manqué de l'éclairer, il s'entretenait avec l'oncle Lannuzel. Chef de la paroisse, il se devinait guetté par tous, et, d'abord, par les gosses et les femmes. À quels bavardages ne s'exposait-il pas, quand il faisait raccommoder les soutanes ; quand, pour empêcher les enfants de chœur de se rouiller, il s'enfermait avec eux dans l'église et les examinait sur leur façon de servir la messe.

Lisette Le Bihan, sous le ciel bleu, ne laissait pas d'être heureuse. Un jour qu'elle rencontra François Guillerm sur les galets secs d'une grève où plusieurs autres femmes ramassaient des bernicles, elle le nargua : il n'oserait pas la culbuter devant tout le monde ! Le pêcheur, aveugle de rage, lui eût volontiers planté dans le dos une fourche à goémon. D'une voix tremblante il lui conseilla de ne pas l'exciter ; elle n'aurait pas le dernier mot avec lui, il en avait maté d'autres ! Il se pourlécha les lèvres : il avait tué le grand-père Gourvennec ! Lisette tremblait à son tour. Elle regrettait ses premières paroles. Elle espérait seulement que François cherchait à l'effrayer. Elle recula. Sans trop savoir ce qu'elle disait, elle murmurait qu'elle se confesserait à Thomas et lui raconterait tout. Il ramassa un caillou pointu, s'approcha de Lisette qui se trouvait incapable du moindre mouvement et, en la menaçant de la jeter par terre si elle criait, il lui saisit la main droite et, avec le caillou, lui râpa vivement la paume. Si jamais elle se confessait à Thomas, il la tuerait ! Elle murmurait que Thomas, par sa religion, était tenu au secret, mais il ne s'embarrassait pas d'histoires et, si jamais elle se confessait à Thomas, il la tuerait ! et il tuerait Thomas par-dessus le marché ! Il lui lâcha la main, il ricanait, persuadé qu'il avait soumis Lisette, mais, sitôt qu'elle fut libre, elle se cracha sur le poignet, sur la main, sur sa plaie, partout où il l'avait touchée, et elle hurla qu'elle se confesserait quand même. Elle se sauvait à toutes jambes. Il lui lança le caillou.

Il réfléchit qu'il manquait de sang-froid, et il se promit de réécrire à l'évêque. Monseigneur, au reçu de sa lettre, avait sans doute haussé les épaules : qu'un sacristain s'installe dans un presbytère abandonné, la belle affaire ! Cela ne gêne personne ! Il en irait autrement si François dénonçait l'enterrement du grand-père et comme quoi les îliens se confessaient à Thomas et comme quoi Thomas disait secrètement la messe avec les enfants de chœur !...

Le lendemain, un fils Le Berre apportait deux homards à la cure et, après avoir bien hésité, bien mouillé sa langue et bien regardé le plancher, il exposa son histoire : la mère battait la campagne.

Malgré tout le respect qu'il lui devait, il ne pouvait ne pas reconnaître qu'on l'avait baptisée avec de l'huile de lièvre[1], mais, depuis que le père s'était noyé, cela ne se nommait plus de la bêtise, cela se nommait de la folie. Elle vidait la maison. Elle offrait aux voisins les meubles, les ustensiles, les habits, et les voisins, peu délicats, ne refusaient pas, ou ne rapportaient pas toujours ce qu'elle leur offrait. Et des criailleries quand on la grondait ! À croire que ses enfants la martyrisaient, lui menaient une vie impossible ! Pour comble, elle voulait céder à son beau-frère Louis Kervern une parcelle que lui avait léguée sa grand-tante Le Berre, morte sans enfants, et Louis Kervern, qui songeait à ses dix gosses, déclarait bien par-devant qu'il n'accepterait jamais la parcelle, mais, par-derrière, va-t'en voir ! Sa femme, en attendant, était sans cesse à gâter la mère, elle la cherchait pour garder sa maison, pour amuser ses petits, elle tournicotait autour d'elle, c'était sûr. Voilà que la mère parlait de s'adresser à un robin d'Audierne. Peut-être bien qu'elle n'arriverait à rien, mais n'était-ce pas dangereux que les gens de loi fourrent leur nez ici ? Ils suceraient le pauvre argent de la famille. Est-ce qu'il ne valait pas mille fois mieux s'arranger à la bonne ? Est-ce qu'on avait besoin de papier pour savoir à qui appartenait une maison ou un meuble ?... À force de

1. Se dit des « innocents ».

tourner la chose dans sa tête, le fils Le Berre jugeait que la mère était de trop dans le monde. Elle passait sa vie à créer des brouilles et des bisbilles, elle mettait ses parents à couteaux tirés : on tuait les bêtes méchantes, pourquoi ne la supprimerait-on pas ?

Thomas jeta les hauts cris : tuer une femme, une mère, une îlienne, quel homme assez dénaturé formerait un pareil dessein ? Renfrogné, le fils Le Berre baissait la tête et regardait le plancher entre ses pieds. Il ne disait plus rien. Pour ne pas le buter inutilement, Thomas, d'une voix calme, proposa des solutions pacifiques. Faire garder la mère par une vieille de l'île : pour que la vieille emporte la maison ? pour que les deux femmes se prennent aux cheveux ? — Confier la mère à un couvent d'Audierne : merci bien ! pour payer une pension ! et avec quoi ? L'autre dévoilait ses batteries. Il ne demandait pas s'il aurait tort ou raison de se débarrasser de la mère, il voulait savoir si, après avoir tué la mère, il obtiendrait l'absolution. Thomas réfléchit. Le pêcheur regardait intensément le plancher entre ses pieds. Il fallait être sûr de ne pas rêver pour croire que cet homme-là parlait de tuer sa mère ! Dommage que M. Pennanéach... Après tout, eût-il mieux résolu le problème ? Un véritable îlien n'était-il pas qualifié pour le comprendre ? Comme la nuit porte conseil, Thomas remit au lendemain le fils Le Berre.

Avant l'aurore, le fils Le Berre, qui partait pour la pêche, attendait dans la ruelle. Thomas sortit. Il remarqua le visage anxieux du pêcheur – décidément il était bien le maître de ces gens ! À voix basse, il rendit son verdict. Il blâmait tout dessein, toute tentative criminels. Si René se confessait maintenant et lui avouait qu'il pense à tuer sa mère, il ne recevrait pas l'absolution. Mais une supposition que René ait vraiment tué sa mère, qui sait ? Surtout s'il la tue proprement, que cela n'amène pas de scandale. Et qu'il pèse le pour et le contre. Dieu n'aime pas les criminels. Si Dieu le laissait mourir avant qu'il n'ait pu se confesser, il mourrait en état de péché mortel, il irait droit en enfer ! Qu'il pèse bien le pour et le contre. S'il se présente au presbytère après l'assassinat et que Dieu l'ait épargné, cela signifiera que la justice divine le trouve innocent, et Thomas Gourvennec ne va pas s'y opposer : s'il allait, pourtant, être frappé par Dieu !… Le fils Le Berre, sans mot dire, s'éloigna vers le port, et Thomas, qui pissait dans la cour d'une maison, lui cria de veiller au grain.

Quelques jours plus tard, au milieu de la nuit, René frappait à la cure. La *karabassen* lui demanda ce qu'il voulait. Il ne répondit rien, il craignait que les gens du village ne l'entendissent. Dès qu'elle eut ouvert la porte, il bondit, il grimpa l'escalier noir sans enlever ses sabots et fonça dans la chambre. Ils s'entretinrent dans l'obscurité, Thomas, par précaution, multipliant les signes de croix : n'était-ce pas un revenant qui lui sautait dessus ? un puni de Dieu qui allait le punir à son tour… La mère avait été fichue à l'eau, une pierre au cou, dans le raz de Sein. Personne n'avait pu rien voir ni rien entendre… Des goélands peut-être, pas des hommes… René Le Berre haletait. Il avait cru distinguer le fantôme de sa mère sur un rocher de l'île, alors qu'il manœuvrait pour entrer dans le port. Il frissonnait. L'absolution lui rendrait son courage… Mais

Thomas n'osait plus l'absoudre. Il s'était trop avancé l'autre jour, pareil crime demeurait abominable. Si l'on se débarrassait ainsi d'une mère, on pourrait à l'avenir tuer n'importe qui... Le pêcheur était suffoqué : son camarade manquait à sa promesse ! Et il menaçait de le tuer lui-même. Thomas ne céda pas, et, après avoir fourré sa tête dans le lit clos et haleté quelques minutes, René Le Berre se sauva brusquement, déclarant qu'il allait se tuer. Thomas l'entendit courir dans la ruelle et se signa plusieurs fois de suite... Il ne chercha pas à se rendormir. La mère Le Berre, se disait-il, possédait vraiment une humeur acariâtre et, quand il avait désiré la réconcilier avec son fils, elle l'avait éconduit. Seulement cela donnait-il le droit de la tuer ? Pourquoi, à ce compte, n'eût-on pas tué le grand-père Gourvennec, qui représentait dans la famille une bouche de trop ?...

Il se hâta le lendemain de courir chez les Le Berre. René ne s'était pas tué. Thomas lui promit de l'entendre en confession et de l'absoudre le soir même, pourvu qu'il renonçât, pendant un mois, à la pêche, et, sans plus attendre, il courut vers le port où il eut la chance de joindre Louis Kervern qui préparait son canot. Il le prit à part. La mère Le Berre s'était jetée à l'eau, hier soir, dans le raz de Sein, sans que René pût la retenir. En vérité vraie. C'était une pauvre folle. Il ne s'agissait pas de raconter à droite et à gauche que la mère Le Berre avait été tuée par son fils.

Dans la journée, pour bien éclairer leur religion, Thomas porta aux Kervern les homards que lui avait donnés le fils Le Berre.

VI

Empêtré dans la vie générale de l'île, constamment obligé de mener la paroisse tambour battant, de lui prêcher des consignes, Thomas Gourvennec se sentait le besoin de provoquer la grâce de Dieu. L'heure n'était plus aux demi-mesures. Il fallait faire tomber sur l'île la grâce de Dieu. Depuis une année les gens vivaient comme des païens ! Personne, depuis une année, n'avait reçu l'hostie dans la bouche ! Quoi d'étonnant si les malheurs dégringolaient sur l'île ! La mer, dans une tempête qui n'avait duré qu'une nuit, avait démoli la digue. L'isthme n'avait pas été coupé, la digue avait été reconstruite, mais enfin Dieu n'indiquait-il pas bien ce qu'il attendait de ses gens ? Depuis plus d'un mois il ne pleuvait pas, deux orages avaient éclaté dont toute la pluie s'était perdue dans la mer, la citerne se vidait, elle ne contenait plus qu'une eau boueuse à laquelle on attribuait la mort d'un petit garçon…

Thomas ne résista plus. Un matin, sans avertir personne d'autre que son frère Pierre, qui lui servit d'enfant de chœur, et une vieille, qui fit les hosties, il célébra sa première messe. Comme il avait désiré cet instant et comme cet instant ressemblait à son rêve ! Il pensait maintenant qu'il n'aurait pas dû garder le secret et il eût aimé, lorsqu'il se tournait pour un *Dominus vobiscum,* apercevoir son église pleine. À l'Élévation, une angoisse le saisit. Penché sur l'autel, ne disposant plus, pour son oraison intérieure, de phrases latines, il se trouvait seul. Ce n'était pas d'outrepasser son rôle qui le remplissait de crainte, et il lui semblait que jamais il n'avait montré en même temps plus de courage et de prudence ; il se demandait si Dieu se laisserait toucher par lui et descendrait sur l'île. Dieu, soudain, n'était plus le grand-père barbu et réfléchi qui s'apitoie sur le monde. Dieu se retirait plus loin que le fond du ciel, Dieu était inconnaissable. Au-delà des misères des hommes. Au-delà des cailloux et des sueurs, des peines que les mains prennent et des fardeaux qu'il faut traîner. Oui, pour la première fois de sa vie, il se représentait Dieu comme un être froid et farouche, que les prières n'atteignent pas, qui ne cède qu'à ses caprices... Jouant le tout pour le tout, désespéré, il pria cet être qui se moque de la prière, il exposa aux ricanements du Tout-Puissant sa faiblesse et la faiblesse de l'île.

L'après-midi, des femmes se présentèrent à la cure pour obtenir d'être confessées et comme il en venait toujours, Thomas se transporta dans l'église. Le confessionnal sentait la poussière, et le prêtre et les pénitentes éternuaient sans cesse. Thomas s'ennuyait. Il apprenait de sinistres histoires, mais d'abord de petits événements mesquins et, bien que tout cela lui permît de connaître l'île mieux que personne, il se découvrait blasé là-dessus. Il expédiait les confessions. Si la femme se lançait dans les peccadilles, il l'interrompait : avait-elle commis une faute grave ? Vers le soir, des hommes apparurent dans l'église et, avec eux, s'excitait la curiosité de Thomas. Sans abuser des facilités que lui conférait son rôle, il se renseignait sur les jalousies de pêcheur à pêcheur et il élucidait de vieilles énigmes, il rencontrait des catastrophes insoupçonnées. Quand il eut confessé le dernier homme et fermé l'église, il éprouva le besoin, dans le crépuscule tiède où criaient des enfants, de marcher un peu. Il était content de lui.

Il avait nettoyé l'île. Il avait débarrassé les uns et les autres de leurs saletés, de leurs boues, de leurs vases. Le calme de l'heure était à l'image de ces âmes rassérénées, à nouveau transparentes. Tout appartenait au prêtre et se signalait à son attention amicale, les gosses qu'on allait coucher, les maisons basses, la mer et les récifs. Une femme dont il avait entendu la confession lui souhaita le bonsoir, puis une autre et une autre. Elles parlaient d'un ton joyeux et humble. Il marcha plus vite, désireux d'échapper aux gens et, quand il se trouva derrière le village, face à la solitude de l'île, nue sous le ciel gris, entre la mer à droite et la mer à gauche, il laissa exploser sa reconnaissance. Il éclata de rire. Il fit quelques pas encore, droit au milieu de l'île, au milieu de son domaine, heureux de l'air, heureux des marguerites closes et des morceaux de goémon qui crissaient sous les sabots.

Le lendemain, les hommes retardèrent leur départ pour la pêche et, sauf un paralytique, un fiévreux, une accouchée de la veille et son petit, tous les îliens se rendirent à l'église. Les femmes avaient pris les bébés sur les bras, les bébés pleuraient, de temps en temps il fallait en conduire un dehors ; c'était bien ainsi : l'église apparaissait comme la maison de Dieu et de tous les îliens. Il y avait place dans l'église aux pignouseries des bébés, aux embrassades et aux chansons des femmes pour les calmer, aux chaises des vieillards qui ne supportaient pas de rester debout.

Thomas, imperturbable, disait sa messe. Aux moments voulus, la sonnette retentissait. La sonnette, la mélopée des oraisons latines, le bruit des livres saints dont le prêtre tourne les pages n'autorisaient pas le moindre doute : l'île assistait à la messe ! Dans quelques instants ce serait l'Élévation, et, tandis que les pleurs des enfants monteraient dans le silence, Thomas, prosterné sur l'autel, appellerait Dieu ! Il lui demanderait de se changer en pain ! Dieu, qui s'était fait homme, n'aurait pas honte de cette supplique, ni de l'église où on l'appelle, misérable, lointaine, l'église d'un pays de sauvages, d'une île perdue ! Puis ce serait la communion.

VII

Les îliens se moquaient des barques étrangères et, si les pêcheurs de Douamenez ou de Camaret « trouvaient drôle » qu'un simple pêcheur de Sein se fût mis prêtre, ils pouvaient retourner chez eux et dans leurs églises. Lorsqu'un étranger parlait aux gens de Thomas Gourvennec, il se heurtait à une consigne de silence. Ce qui se passait dans l'île, lui répondait-on, ne regardait personne. La réponse piquait la curiosité. Des pêcheurs, désireux de voir jusqu'à quel point on les empêcherait de connaître les événements, allaient en groupe, les mains dans les poches et avec l'air de flâner, sur le chemin de l'église. On les laissait entrer. Ils ne chuchotaient pas, ils ne bougeaient pas, ils étaient ahuris de n'éprouver aucune surprise. Le spectacle n'offrait rien d'extraordinaire, Thomas disait la messe comme n'importe quel prêtre... Dehors, les uns exprimaient tout carrément leur satisfaction : ce pêcheur-là montrait bien que les pêcheurs n'étaient pas des bêtes ! Les autres hochaient la tête. Cela ne pouvait pas être aussi naturel que cela en avait l'air. Il y avait, dans cette histoire, quelque chose de pas catholique.

Les pêcheurs du continent eurent l'occasion de s'entretenir avec Thomas Gourvennec. Comme la pénurie d'eau se faisait de plus en plus grave, Thomas, un dimanche, déclara dans le sermon que l'île serait fondée à se payer en eau sur les barques étrangères des poissons qu'elles venaient rafler par ici ; tout bateau qui voudrait pêcher dans les environs de l'île devrait apporter à l'île un baril d'eau. Dès le lendemain, les pêcheurs de Sein secouèrent les puces aux pêcheurs du continent : eux qui venaient ici piller dans leurs réserves, il leur faudrait maintenant offrir de l'eau en compensation ! Les pêcheurs du continent regimbèrent – par désir d'en faire le moins possible, car la demande leur semblait juste. Ils s'appuyaient sur l'autorité du passé. Depuis le temps qu'ils pêchaient ici, on ne leur avait jamais demandé d'eau ! Pour ne pas discuter davantage, les autres leur envoyèrent Thomas. Habillé en prêtre, le menton rasé, Thomas Gourvennec impressionna les gens du continent, quoi qu'ils en eussent. On leur avait raconté tant d'histoires sur ce pêcheur qui disait la messe ; en tout cas, il paraissait un honnête homme. De ce côté, les difficultés s'aplanirent vite.

Quelque temps après, au milieu d'août, le bruit circula parmi les pêcheurs du continent qu'un sacrifice païen

– ils n'auraient jamais su expliquer, ils employaient tour à tour les mots « sacrifice païen » et « quelque chose de païen » – avait été célébré sur l'île. Ils entendaient là-dessous des horreurs. Des profanations d'hosties, des viols de femmes, des orgies... À l'origine de ce bruit se trouvait un conflit entre Thomas et un fils Boulch à propos des « Causeurs ». Louis Boulch, un des frères de Catherine, jeune homme d'une quinzaine d'années, était devenu un pilier d'église depuis le jour où Thomas avait donné l'absoute. Il admirait les faits et gestes de Thomas, il prétendait lui succéder au presbytère le jour où Thomas serait trop vieux, il parlait de rendre la paroisse plus chrétienne, digne enfin de son chef. Il cherchait des réformes à introduire et courait au presbytère apporter ses suggestions. Il fallait briser la piété facile de la paroisse, transformer chaque îlien en saint, en martyr de la foi. Il tomba donc en arrêt devant les Causeurs et il fut abasourdi de ne pas y avoir pensé plus tôt : les deux menhirs gênaient la vie chrétienne de l'île ! C'étaient là deux pierres païennes, deux pierres du diable, elles s'étaient introduites dans l'affection des îliens, qui les connaissaient depuis leur plus jeune âge, et, très tranquillement, bien à leur aise, elles les empêchaient d'être de bons chrétiens ! Qu'on renverse, qu'on brise les deux menhirs. Qu'on mette à leur place un calvaire.

Fier de sa découverte et de la gloire qui s'attacherait au nom des siens, Louis Boulch connut la surprise de n'être pas suivi par son recteur. Thomas lui caressait les cheveux, le félicitait avec ironie. Thomas déclarait que les Causeurs devaient rester tranquilles. Toute l'île était chrétienne. Le pouvoir des païens n'avait jamais existé, les deux menhirs offraient seulement l'image de belles pierres. Cela ne signifiait rien, de craindre des dieux qui n'existaient pas ! À la rigueur une petite croix de fer pourrait s'ajuster à la tête des menhirs, mais il y aurait des paroissiens qui trouveraient cela grotesque ! Qu'on laisse donc les Causeurs tranquilles. Quand il s'éloigna, le fils Boulch n'estimait pas moins son recteur qu'auparavant, il réfléchissait néanmoins qu'il se rencontrait avec une question du catéchisme : doit-on l'obéissance à ses supérieurs, lorsqu'ils désobéissent à la loi de Dieu ? Il mit dans son dessein trois camarades, et, la nuit, avec des pelles et des pioches, ils se rendirent devant l'église pour abattre les Causeurs. Thomas les attendait. Il les gronda vertement. Louis Boulch, furieux d'avoir été dénoncé, refusait de partir. Thomas lui donna deux bonnes gifles et le jeune homme hurla. Des îliens sortirent de chez eux.

Les pêcheurs étrangers comprenaient mal que les îliens, dirigés par un faux prêtre, eussent l'air si naturel, et ils soupçonnaient ce naturel d'être feint. Ces gens-là se reprochaient des crimes ! Ces gens-là préparaient la mauvaise saison ! Dès que les tempêtes recommenceraient, on les verrait encore, les lumières, courir sur l'île ! Ils avaient placé l'un des leurs au presbytère et ils ne craindraient plus ni Dieu ni diable ! L'autre absoudrait toujours. Cela se passerait entre gens du même bord... Peut-être, même, les expéditions seraient-elles décidées au presbytère. Ce gaillard-là, sous ses dehors d'honnête homme, il y avait fort à parier que c'était un suppôt du diable. L'île sentait le roussi.

VIII

L'évêque, instruit par la rumeur publique d'événements étranges, porta plainte auprès des magistrats. L'île possédait une juridiction particulière. La marine veillait sur elle et il fallut que l'autorité ecclésiastique remuât ciel et terre pour secouer les bureaux de Brest, qui faisaient la sourde oreille. Sein fournissait aux vaisseaux du Roi des matelots résistants et intrépides ; à quoi bon mécontenter ces gens-là ? L'évêque ne put obtenir que le convoi annuel en eau et biscuit, octroyé à l'île par l'intendance maritime, fût supprimé, ni même retardé. Pour une histoire qui ne valait pas la peine de fouetter un chat et dans laquelle l'évêque avait ses torts, on n'affamerait pas un village. Tout ce que le clergé obtint, ce fut que le curé de Lescoff, désigné par l'évêque à des fins d'enquête, serait accompagné sur l'île par six gendarmes maritimes.

La nouvelle traversa le raz de Sein. On ne disait pas six gendarmes, mais une compagnie complète de la marine. Comme les intrus logeraient chez les habitants et aux frais des habitants, les gens se consternaient. Quelles exactions ne commettrait pas cette troupe brutale ! Thomas Gourvennec, un soir, réunit les paroissiens dans l'église et s'offrit à quitter la place de recteur. Il n'attendrait pas au lendemain, il s'embarquerait le soir même et, dans la nuit, il se mettrait en route d'Audierne à Quimper pour se livrer à l'évêque et empêcher que Sein ne fût abandonné au pillage. Les femmes pleuraient. « Non, non », criaient-elles à qui mieux mieux, et elles morigénaient les hommes, qu'elles ne trouvaient pas assez farouches. Thomas demeura donc. Dans les veillées, les orateurs se désolaient qu'il eût pu songer à partir, et des émissaires allaient d'une maison à l'autre sonder les gens sur une décision que proposait l'oncle Lannuzel, d'organiser une surveillance autour du presbytère pour empêcher la fuite de Thomas. L'île adopta le projet. Un tour de garde fut établi sur-le-champ et deux hommes, en pleine nuit, se postèrent dans la ruelle.

François Guillerm, cette nuit-là, ne dormait pas. Le remords le rongeait. Il avait semé le vent, il récoltait la tempête ! C'était lui, il n'en doutait pas, qui provoquait l'invasion de l'île, et les lettres qu'il avait fait écrire au sabotier d'Audierne, hélas ! avaient suivi leur chemin. Il avait cru détester l'île entière : le choc qu'il avait subi à l'annonce qu'une compagnie de la marine se rendrait à Sein lui montrait que sa haine manquait de profondeur. La haine contre Thomas Gourvennec perdait elle-même de sa force. Il ne lui échappait pas que le fils Le Berre avait jeté sa mère à l'eau dans le raz de Sein et que Thomas, après l'avoir absous, s'était occupé d'étouffer l'histoire. En toute sincérité, il approuvait, il admirait cette conduite. Thomas agissait en vrai sauvage, en vrai pêcheur, et se moquait bien des petits arrangements qu'eussent pris d'autres hommes. Sur qui donc porter sa haine ? Sur le sabotier, cet infirme du diable, qui n'employait sa science de l'écriture qu'à des besognes criminelles, sur Lisette Le Bihan, cette imbécile, cette femme vicieuse…

François, le lendemain, fut désigné par le sort pour prendre la garde, sous le presbytère, avec Jean-Marie Guichaoua. Entre son vêtement et sa peau il dissimulait une corde. Il ne savait trop à quoi elle lui servirait, mais il était décidé, d'une façon ou d'une autre, à s'en servir, à commettre un exploit. Les étoiles clignotaient, le vent bourdonnait, le flot, régulièrement, montait et descendait, avec son temps de soulagement et son temps de désespoir. Quand des pêcheurs le relevèrent, François, au lieu de rentrer chez lui, se mit à rôder. Il se demandait si, par le cimetière, il n'y aurait pas un moyen de pénétrer dans la cure. Grimper jusqu'au toit, briser une fenêtre du grenier. Non, cela ne resterait pas inaperçu… Il serait plus simple d'étrangler Lisette Le Bihan… Il marchait dans l'île, il n'osait plus marcher dans le village, où les pêcheurs qui surveillaient le presbytère lui crieraient d'aller se coucher, et il imaginait son crime avec joie. La mort du grand-père Gourvennec avait été facilitée par la maladie du vieux, tandis que, s'il étranglait Lisette Le Bihan, il pourrait revendiquer toute cette mort. Il étreindrait ce cou comme si c'était de la glaise, comme s'il voulait y sculpter l'empreinte de ses mains dans leur pleine énergie. L'autre montrerait sa langue, l'imbécile, sans le désirer elle serait tenue à faire la faraude, à feindre de se moquer et, tandis que la mort la disloquerait, elle s'amuserait à un geste d'enfant…

Dans le ciel pâlissaient les étoiles. Il s'était assis sur une grève et, brusquement, il sentit le froid. Il avait dû s'endormir et l'aube lui brisait les articulations, ses idées craquaient, son projet de tuer Lisette Le Bihan lui apparaissait comme un tesson sans aucune valeur, qui avait brillé un instant dans la lumière favorable, une chose terne, rouillée, démolie… La tête lourde, il marcha vers le port. La vie pesait, se faisait tramer, la vie ne comptait pas. Il descendit les galets et, entrant dans l'eau, il désancra une barque. La mer était calme, il ne se passerait pas grand-chose ; à tout hasard il poussa le bateau – dans l'espoir d'encourager la mer à tenter de le briser, ou de le frotter un peu dur contre des roches ! Il franchit l'isthme et pénétra dans la pointe des parcelles. Histoire d'agir, il renversa un mur de pierres sèches, un autre, un autre encore. Les pierres se choquaient les unes contre les autres et il pensa qu'on avait dû l'entendre. Il se cacha sur une grève. Au bout d'un quart d'heure, le cœur battant, il crut voir deux hommes. Il se glissa jusqu'à la mer et, marchant dans l'eau pour éviter le bruit, il revint jusqu'au port. Il rentra chez lui... Une heure après un voisin frappait, criait de la ruelle que la marine arrivait dans l'île. François bondit. Du haut d'un rocher qui dominait le port, un pêcheur, dans le petit matin, distinguait une grosse barque. Ce ne pouvait être toute la compagnie de marine annoncée, mais cela ne disait rien de bon. Les hommes s'agitaient. Ils ne partiraient pour la pêche que quand ils connaîtraient ce que voulait cette barque, pas avant.

Les Guillerm, petits et grands, étaient sortis sur le port. François caressa son plus jeune, qui s'appelait François comme lui, un blondin que les poux dévoraient depuis quelques jours et qui s'amusait avec une carcasse de crabe, et il courut s'enfermer dans sa maison. Il monta au premier étage. Il y avait là un lit clos abandonné, inutilisable, privé de toit, de panneau et de banc. Cette ruine allait suffire. Il grimpa dans le lit, noua un bout de sa corde autour de la corniche, l'autre à son cou, et, sans s'interroger un moment, sans se perdre à réfléchir, il se laissa tomber vers le plancher. La corniche craqua, elle craqua encore, mais il ne l'aidait pas à se briser, la mort le délivrait trop bien, tout atroce qu'elle fût ; il essayait d'avaler sa bouche, sa gorge, sa langue, il râlait, ses pieds touchaient presque terre, il tâchait de se recroqueviller ; il aspirait à n'être plus qu'une harde pendue dans un grenier, une longue forme effrayante.

IX

Les mains dans les poches ou derrière le dos, les barbes mécontentes, les îliens laissèrent débarquer le prêtre de Lescoff et les gendarmes maritimes – sans entrer dans l'eau pour haler la barque sur les galets, sans tendre la main. Les Lescovites firent toute la besogne. L'oncle Lannuzel aurait voulu que les gens restassent dans leurs maisons et que l'île offrît un visage de bois aux envahisseurs, mais il s'agissait là d'une discipline inhumaine. Il était trop tentant de voir la tête des autres et comment ils se débrouilleraient. Ils se débrouillaient mal. Les gendarmes avaient quitté tout de suite leurs airs de matamores et n'étaient plus si certains d'en imposer à la population dans leurs uniformes. L'un d'entre eux avait eu le mal de mer – on se le montrait en riant, il avait vomi sur sa culotte bleu ciel. Dans leurs grandes bottes ils glissaient sur les goémons et sur les galets ; on espérait, sans trop oser y croire, qu'ils s'étaleraient de tout leur long. Les Lescovites jetaient pêle-mêle hors du bateau des fusils, des munitions, un tonneau, une caisse de pain, des ballots, une malle – si seulement l'on pouvait considérer tout cela comme des épaves, quel beau pillage ! Le prêtre de Lescoff réunissait sur sa personne toutes les haines de l'île, et ce rival de Thomas Gourvennec, qui affectait un air hautain, on le devinait dans ses petits souliers et on en riait sous cape. Il était gros et gras, le teint jaune, avec un long nez pointu. Le continent les engraissait, ces messieurs-là ! Les voilà bien ces prêtres qui ne veulent pas résider dans l'île et qui ne sont bons qu'à ennuyer les honnêtes gens ! Monseigneur n'avait pas eu la main heureuse : était-ce chose à faire, que de choisir pour enquêter sur l'île un ennemi de l'île, le chef des bandits rouges ! Les gendarmes, après tout, seraient plus ridicules que méchants. S'ils allaient créer du désordre et bâfrer du poisson, ils apportaient avec eux quelques petites affaires et on découvrirait bien comment leur subtiliser un peu de poudre et des morceaux de pain…

Puisque personne ne venait à eux, le prêtre se décida. Il grimpa les galets, monta sur la dune et demanda où était le presbytère à un garçon. « Je ne sais pas. » Le père de l'enfant se tenait derrière lui et le gardait par les épaules ; cependant il n'avait pas dicté la réponse et il rougit d'orgueil que son fils fût né si malin. « Et toi, lui dit alors le prêtre, tu sais où est le presbytère ? » Mais non, le pêcheur ne le savait pas non plus. Quand il eut interrogé en vain une trentaine d'enfants, d'hommes et de femmes, le prêtre descendit la grève et s'entretint avec les gendarmes. L'évêque lui avait défendu d'entrer en rapports avec Thomas Gourvennec autrement que comme avec un coupable, toutefois Thomas Gourvennec serait peut-être le seul qui voulût les tirer de ce mauvais pas. Un gendarme parlait de se lancer sur la foule, de se saisir de trois ou quatre pêcheurs, mais le sous-officier et surtout le prêtre ne l'entendaient pas de cette oreille.

Le prêtre remonta sur la dune, sortit quelques pièces de monnaie et pria deux jeunes gens de lui enlever sa malle et de la porter jusqu'à l'église. Si personne ne savait où était le presbytère, ironisait-il, lui, du moins, il savait où était l'église ! Les jeunes gens se grattèrent la tête, mais, avant qu'ils n'eussent répondu, des femmes s'étaient ruées sur eux, les bousculaient, les poussaient ; bientôt le prêtre n'eut devant lui que des femmes. De guerre lasse, il dit donc tout haut qu'il désirait connaître Thomas Gourvennec. L'oncle Lannuzel sortit de la foule. Le prêtre voulait qu'on le conduisît jusqu'à Thomas Gourvennec, mais l'oncle Lannuzel lui répondit de l'attendre et qu'on irait le chercher. Le recteur de Lescoff se trouvait ici dans la paroisse de Sein, c'était au curé de Sein d'accueillir son confrère. Le prêtre blêmit, rougit, mais il garda pour lui ses réflexions.

Thomas, nu-tête et en habit de pêcheur, salua le recteur de Lescoff et lui proposa de l'accompagner jusqu'au presbytère. L'autre, en termes secs, agréa la proposition, mais, avant de se mettre en marche, il déclara qu'il fallait loger les gendarmes. Thomas promit qu'on les logerait bientôt. L'île ne savait ni combien d'étrangers lui viendraient du continent, ni quel jour, et n'avait pas eu le temps, dans ces conditions, de tirer au sort les familles qui hébergeraient les gendarmes. Si les gendarmes voulaient attendre, on s'occuperait d'eux ensuite. Les deux hommes s'engagèrent dans la ruelle et, sans laisser au prêtre de Lescoff le loisir de commencer la conversation, Thomas lui signala tout net qu'il n'aurait jamais dû venir ici avec des gendarmes. Sein était une paroisse chrétienne, le costume de prêtre était pour un homme, dans l'île, la plus sûre caution de respect, un prêtre n'avait pas besoin de la protection des gendarmes. Protection illusoire ! Ce n'étaient pas les six hommes qui auraient pu résister aux habitants ! Le recteur de Lescoff se défendit d'avoir souhaité le secours des gendarmes. L'évêque les avait demandés pour lui, et, en plus, ils avaient été chargés par la justice civile d'enquêter sur un certain nombre de vieilles histoires, l'histoire, entre autres, des matelots nantais dépouillés de leurs vêtements et laissés nus sur une grève de la pointe du Raz. Son compagnon éclata de rire. Elle avait de la suite dans les idées, la justice du Roi, mais elle était plutôt lente à se mouvoir.

La *karabassen* ouvrit humblement la porte du presbytère. Elle n'aimait pas le prêtre qui venait ici causer du désordre, et l'instant d'avant elle ronchonnait dans sa cuisine ; cependant le métier qu'elle avait exercé dix années auprès de M. Pennanéach lui avait chevillé au corps, sans qu'elle s'en doutât, le respect du prêtre, et elle fit, d'instinct, et malgré son vieil âge, une sorte de révérence. Elle en fut pour ses frais. M. Kerhervé se méfiait des îliens et n'osait pas prendre pour argent comptant cet aimable accueil. Il lui demanda sèchement son nom, et, se retournant vers Thomas, qui espérait le suivre au presbytère et s'entretenir de la religion avec un homme compétent, il lui dit qu'il pouvait s'en aller ; on n'avait plus besoin de lui.

Le cœur gros, Thomas Gourvennec, lentement, se dirigeait vers le port. Il n'éprouvait ni peur, ni inquiétude, il souffrait de se voir retirer une paroisse qu'il aimait tellement, il souffrait pour son île, que menaçait encore une période sans prêtre. Un enfant lui buta dans les jambes. Il le releva. C'était le petit François Guillerm, tout en pleurs. Il le prit dans ses bras et tenta de le consoler, mais, le petit continuant de pleurer, il décida de le ramener chez lui. Devant la porte des Guillerm, un gendarme l'empêcha d'entrer. Des voisines, qui sortaient de la maison, lui racontèrent.

Thomas flageolait. Sa vie de prêtre avait jusque-là si bien réussi, c'était le malheur le plus sinistre de la paroisse ! Un bon chrétien qui se suicide ! Il se repentit de n'avoir pas négocié plus habilement avec François Guillerm au sujet des pièces d'or, de ne pas l'avoir amené à comprendre qu'il ne pouvait lui céder. Se pendre à un lit clos ! Un homme de l'île ! Il n'aurait pas dû se moquer de Guillerm, le jour où ce dernier, pour la seconde fois, lui réclamait ses pièces. Il lui avait dit que sauver Jules n'était pas un exploit : s'il ne l'avait pas fait, un autre l'aurait fait à sa place ! Quelle bêtise de chipoter ! Même si, pour un gaillard de l'île, François n'avait pas eu à montrer un courage extraordinaire en se jetant à l'eau, il avait du moins montré de la bonté. Il avait quelque chose dans le cœur. Ce n'était pas un chien sauvage... Le sous-officier sortit et, reconnaissant Thomas Gourvennec, il se débonda. Qu'est-ce que c'était que ce pays ! On avait bien eu raison, à Lescoff, de leur présenter l'île comme un trou à sauvages ! Si c'étaient là les chrétiens qu'il avait formés, il ne lui faisait pas son compliment !

Mais, sans doute, tel recteur, telle paroisse ! Avait-on seulement l'idée d'une pareille chose : se pendre à un lit clos ! Il fallait que ce Guillerm possédât une longue lignée d'ancêtres bêtes et méchants ! Thomas finit par l'interrompre : s'il voulait seulement l'écouter, il comprendrait tout. Décidé à tirer de la mauvaise situation le bien qu'elle comportait, il chargea François Guillerm. C'était François qui avait dérobé les vêtements des matelots nantais. Quand il avait su l'arrivée des gendarmes, il avait eu peur et, comme il battait la campagne depuis quelque temps, sa tête n'avait pas résisté. Le sous-officier remercia Thomas, non sans ironie. Il était payé pour se méfier de l'île ! L'autre avait peut-être dit la vérité, mais peut-être avait-il menti ! Un sous-officier n'allait pas le croire tout de suite !

Thomas, dans l'après-midi, réussit à voir la mère Guillerm, moins triste qu'il ne le craignait, qui lui demanda de l'accompagner au presbytère. M. Kerhervé s'entretenait avec l'oncle Lannuzel. Il connaissait le suicide et, avant même que la mère Guillerm eût présenté sa supplique, il fit de la main un geste de refus. La maison de Dieu n'était pas ouverte à ceux qui doutaient de Dieu ! L'île enterrerait Guillerm, lundi soir, à la tombée de la nuit, dans le cimetière des pestiférés. Le cercueil du nouveau Judas ne passerait pas dans l'église, ne reposerait pas en terre chrétienne. La mère Guillerm, blanche de douleur, s'agenouilla devant Thomas, lui prit les deux mains et, tout en pleurant à chaudes larmes, elle le supplia de dire quelque chose pour elle. Le prêtre s'était levé. Pas de singeries dans le presbytère. Thomas ferait mieux de garder sa langue, il en aurait besoin plus tard… Quant à ce François Guillerm, il recueillait ce qu'il méritait. Sa veuve ne pleurait pas sans raison, mais pensait-elle aux larmes de Dieu ? La mère Guillerm se leva comme une folle : « Mon défunt valait mieux que toi ! » jeta-t-elle au prêtre, et elle se sauva. Le recteur de Lescoff demeura interdit ; l'algarade l'étonnait plus encore qu'elle ne le vexait. Yves et Thomas ne bougeaient pas. À la fin le prêtre se tourna vers eux : « Vous voyez votre besogne ? Quel pays de sauvages ! »

Deux gendarmes furent logés dans la maison Guillerm, où le sous-officier craignait des troubles. L'un coucherait au premier étage, sur le plancher, dans la pièce même où François s'était pendu, l'autre veillerait le mort, dans la grande pièce du bas, avec la famille et les amis, en prenant bien garde que trop de monde n'entre point. Chez les Gourvennec logeraient aussi deux gendarmes. L'un coucherait dans le même lit clos que Thomas, vers le panneau, l'autre coucherait par terre, sur des voiles. La Fanchic du Poul-Dû, qui habitait toute seule sa petite maison, reçut un gendarme. Pour le sous-officier, noblesse oblige, il logerait à la cure.

Vers le soir, Lisette Le Bihan entra chez les Gourvennec. Elle voulait se confesser à Thomas. Les autres déguerpirent et Lisette s'agenouilla sur la terre battue, dans un coin, face au mur. « Je t'écoute. » Elle commença par tout autre chose que ses péchés. Elle entreprenait un chant de victoire. Les gens du continent dépossédaient Thomas de sa paroisse. Ils racontaient que Thomas n'était pas un prêtre, mais un sauvage comme tous les îliens, et n'avait pas plus le droit de célébrer la messe qu'un goéland ou qu'une touffe de goémon. Ces gens-là ne réussiraient à rien. Tant qu'il resterait des femmes sur l'île, Thomas serait leur prêtre. Il était l'homme du peuple de l'île, il savait les besoins de tous, il était bon comme du bon pain, il parlait comme une bouche d'or. Et, parce qu'elle le vénérait et voulait lui rendre confiance en lui-même, Lisette lui apportait ses péchés. Ce n'était pas grand-chose. C'étaient de vilaines choses. Tels quels, cependant, ces péchés, elle ne les apporterait à aucun autre. Même de vilaines choses on pouvait faire un cadeau.

Thomas pleurait dans ses mains sans que la femme, occupée à ses discours, s'en fût aperçue. La force lui manquait pour l'interrompre. Dans sa douleur, c'était une telle consolation. Quand un prêtre venait de le considérer comme un bon à rien, celle-ci arrivait et lui disait : « Tu peux me guérir et il n'y a que toi qui puisses me guérir. » En vérité, ni son corps ni son âme n'avaient démérité de Dieu. C'est un homme seulement qui l'a chassé de l'église et du presbytère, et cet homme n'a pas empêché la présence de Dieu de suivre Thomas. La présence de Dieu illumine la vieille maison Gourvennec. Elle est là, lovée comme un énorme congre dans un trou de roche, ses anneaux remuent et glissent, elle se frotte sans cesse aux parois, elle prend la mesure de l'abri qu'elle a choisi… Lisette poursuivait, étrangement à son aise. Autrefois, quand François Guillerm s'était emparé de son âme et lui avait imposé l'obligation dénaturée de séduire Thomas, elle ne trouvait pas ses mots, elle ne savait que rougir et balbutier ; maintenant elle parle dans le bon de son cœur. Elle est devant son prêtre. Elle met en lui sa confiance. Sans que sa voix tremble elle raconte ses fautes, excusant François le plus possible, laissant dans l'ombre le marché qu'il lui avait proposé un jour. Ce n'est pas une volonté de dissimulation qui l'anime, mais une toute naturelle pudeur. Elle est si bien à genoux devant ce mur, elle ne va pas gâter sa chance.

Thomas a relevé la tête. Il ne pleure plus. Il écoute le récit de ces fautes qui l'assaille douloureusement, comme un dommage personnel. Pas un cheveu ne devrait tomber dans cette paroisse qu'il n'en soit aussitôt averti. Il est le maître de ces gens. Lui seul il connaît les remèdes et il s'étonne que Lisette ait gardé à rancir dans son âme toutes les vilaines choses qu'elle lui offre. Cette journée comptera pour lui autant que mille journées de son enfance. Quelle douloureuse et riche expérience elle lui porte avec ce suicide, puis cette confession. Tant de grottes, tant de secrets, tant de rancœurs et de poches de vice. Tant de baies profondes en péchés. Tant de viviers où le mal frétille. Et voilà ce qu'on appelle une paroisse familière ! Néanmoins il redresse la tête. Il a bu toute honte et Dieu, en le privant de la confiance d'un homme qui se suicide, d'une femme qui s'abandonne au mal, Dieu ne l'a pas désavoué, Dieu ne désavoue pas les hommes en lançant les tempêtes ni les orages. Que sa volonté soit faite et que son nom soit béni. Toute son œuvre est bonne. La confession de Lisette, avec ses mauvaises nouvelles, avec la triste idée qu'elle donne d'une femme de l'île, mère de cinq enfants, forme un ensemble heureux. La lumière brille maintenant. Cette femme voit clair et l'orage s'éloigne d'elle. Lisette pouvait dire ses fautes à un recteur officiel, à un prêtre délégué par l'évêque ; après s'être longtemps défiée de Thomas, elle a cru en lui et nul ne saurait plus le remplacer.

M. Kerhervé, dans l'après-midi, entra chez les uns et les autres, essaya de se renseigner, de voir si les enfants connaissaient leurs prières et leur catéchisme, et, en s'en allant, il annonçait, pour le lendemain matin dimanche, une seule messe, une grand-messe, à neuf heures. Les îliens se passaient la consigne avec un drôle d'air. On aurait dit des sourds qui se parlaient. « La grand-messe à neuf heures ! — Ah oui, la grand-messe à neuf heures ! — Eh bien oui, la messe à neuf heures ! — Comme ça, la grand-messe à neuf heures ! » La famille Guillerm, agenouillée devant le cadavre, récitait des prières et attendait Thomas. Le gendarme s'était agenouillé comme les autres et bâillait à grands coups, ignorant le breton. Comme un nouvel arrivant ouvrait la porte en faisant du bruit, la mère Guillerm interrompit son *Ave* :

— C'est toi, Thomas ?

— Non, c'est Jean-Marie.

Et Jean-Marie, qui fermait la porte, ajouta avec une drôle de voix :

— Demain matin la grand-messe à neuf heures.

Tout le monde éclata de rire. Le gendarme en restait pantois. Cette famille qui semblait tellement respecter les morts ! Il supposa qu'on se moquait de lui et se lissa les moustaches… Thomas s'était couché depuis longtemps. Il lui répugnait de se prêter à une conjuration contre le recteur officiel et il laissait les événements à la grâce de Dieu. Cette journée n'avait-elle pas montré que Dieu mène toutes choses ? Il pensait au lit clos de M. Pennanéach que M. Kerhervé faisait craquer maintenant. La nuit était calme. Dommage que le vent ne se livrât point à ses facéties pour abasourdir les intrus... Il pensait au grand-père, dans le lit duquel il reposait en compagnie d'un gros gendarme. Des instincts de sauvage se rappelaient à sa mémoire. Ce serait si facile d'escalader le gendarme et de l'enchaîner dans le lit ; ce serait si facile de le tuer ; de tuer l'autre gendarme.

X

Le curé attendait Alexandre Boulch, le sacristain, pour huit heures et demie. Cet homme lui semblait un peu bête, et il croyait bien qu'il ne jouerait pas de mauvais tours... À huit heures et demie, personne... Neuf heures moins vingt-cinq, neuf heures moins vingt, personne. Personne ne fut là pour sonner la messe à neuf heures moins le quart, personne n'était là pour allumer les cierges ni pour préparer l'autel. M. Kerhervé se mit à l'œuvre, mais il ne connaissait pas la place des objets du culte, il s'embrouillait dans le tas des clefs. À Lescoff, les gens possédaient une autre piété ! Pour une messe à neuf heures, cinquante vieilles seraient debout dans l'église à neuf heures moins le quart ! L'église était vide. À neuf heures moins cinq, le recteur, qui n'était encore qu'à moitié habillé et n'arrivait pas à découvrir un Évangile, dut se résoudre à la conclusion qu'il repoussait les gens : personne ne viendrait à la messe ! Découragé, il s'assit dans une stalle, la tête entre les mains, et il commença une prière.

Quelqu'un ouvrait la porte du bas de l'église. Le curé vit Thomas Gourvennec et, après une hésitation, courut vers lui. À quelle œuvre diabolique s'était-il donc livré pendant cette malheureuse année pour que les îliens n'observassent plus les commandements de l'Église ? Il avait vidé l'église ! Il avait supprimé dans les âmes de l'île les pauvres petits éléments de foi qui s'y débattaient encore ! Thomas haussa les épaules. Il n'était pas venu à l'église pour se disputer avec le recteur, mais pour entendre la messe ! Il se dirigea vers la sacristie, à son côté le prêtre, qui grognait toujours. Devant l'autel, il se donna le plaisir de s'agenouiller le premier et de mortifier son compagnon, qui, dans sa colère, allait passer sans réfléchir. Il n'écoutait pas, il indiquait dans quelles armoires se trouvaient les différentes affaires, il ouvrait les tiroirs, il choisissait des ornements. Si M. Kerhervé manquait d'un servant pour la messe, il se tenait à sa disposition ! Le prêtre, qui, depuis hier, se demandait dans quelle sorte de pays il tombait, considéra l'offre comme une marque d'effronterie. Ah bien oui, un servant ? C'est de fidèles surtout qu'il avait besoin ! Il n'allait pas célébrer la grand-messe dans une église vide ! À Lescoff, jamais une chose pareille ne lui était ni ne lui serait arrivée ! Du temps des guerres de religion, ce ne pouvait être pis : toute une paroisse manquait à l'appel !

— Les gendarmes ne sont pas là non plus, dit Thomas, avec une douceur ironique. Et pourtant ils sont venus hier du continent, et ils connaissaient bien M. le Curé…

Cette réponse interloqua le recteur. Laissant en plan l'examen des armoires, il passa dans l'église, fourragea derrière l'autel, remua les porte-cierges et il ne rentra dans la sacristie que lorsqu'il eut trouvé sa réplique.

— Vous avez peut-être bien tué les gendarmes ! Vous en seriez bien capables, vous êtes assez mauvais pour cela…

— Oh oui, nous en serions bien capables. Ce ne sont pas leurs fusils qui nous feraient peur. Six hommes. Il y a de la place, dans la mer autour de chez nous, pour plus de six hommes. Et c'est peut-être bien la *karabassen* qui aura tué le sous-officier au presbytère !…

— Et tu crois que tu as été prêtre ?

— Je ne crois rien du tout. Je suis venu pour entendre la messe, et je suis plutôt en train de l'attendre…

Ils se disputèrent encore et, à la fin, M. Kerhervé se rendit compte qu'il n'aurait pas le dernier mot et que Thomas savait se défendre. Il pouvait bien dire la messe tout de suite et gagner le continent, cette île avait perdu la foi et le sens commun, il importait d'alarmer l'évêque. Il désira pourtant lutter davantage. Son amour-propre regimbait à la défaite et, d'autre part, il éprouvait pour son adversaire une sympathie irraisonnée. Il ne fallait pas condamner trop vite.

— Jure-moi, lui demanda-t-il, que ce n'est pas toi qui as empêché les gens de venir à la messe. Je ne suis pas un méchant homme. Si tu me jures, je te croirai…

— Je jure.

— C'est bien. Dans ces conditions, comme les gaillards de ton rocher ont l'air de t'obéir mieux qu'à ma personne, tu vas me les appeler tous. Tu dois bien exécuter cette besogne-là. Tu vas tous me les rabattre sur l'église. Ça ne leur fera pas de mal d'entendre une vraie messe et tu vas voir un peu, dans mon sermon, comme je leur dirai leurs quatre vérités.

— Oh ! Ils les connaissent, leurs quatre vérités. Ils les ont assez entendues avec moi. Mais ça c'est vrai, ça ne leur fera pas de mal de les entendre une fois encore. Et puis d'un autre que moi ça les changera.

— Je pense bien que ça les changera ! Allez, ramène-moi tes gens, fais-moi ton petit sergent recruteur !

Les îliens ne voulaient pas se rendre à l'église, malgré les supplications de Thomas, qui leur assurait que le curé de Lescoff n'était pas un méchant homme et qu'il serait favorablement impressionné si on lui remplissait l'église. Il fallait tout de même lui montrer qu'on possédait ici autant de foi qu'à Lescoff ! Et ce serait la preuve que Thomas avait bien tenu son office ! Mais non : les gens se prétendaient outrés par les grands airs du prêtre et prenaient aisément leur parti d'un péché mortel : sitôt que ce Kerhervé aurait déguerpi on ne verrait plus qu'eux à l'église ! Ils iraient à la messe sept jours de suite. Thomas songeait à se moquer d'eux, à leur demander sur quel prêtre ils comptaient pour l'avenir, mais il eut une meilleure inspiration : le curé de Lescoff lui avait dit que, si les îliens venaient à la messe, le cercueil de François Guillerm passerait à l'église et serait enterré au vrai cimetière. Alors, personne n'hésita plus. Depuis hier après-midi, les projets les plus bizarres avaient eu le temps de naître et de se développer : de ligoter ou de tuer les six gendarmes s'ils ne laissaient pas enterrer François dans le vrai cimetière ; de déterrer François de chez les pestiférés, pendant la nuit, et de l'ensevelir en tombe chrétienne ; de le déterrer après le départ des intrus et de forcer Thomas à célébrer une messe. L'île aimait mieux que le recteur de Lescoff accueillît tout de suite le cercueil de François. C'était bel et bien un vrai prêtre, et une absoute donnée par lui, Dieu l'agréerait dans son ciel !

Un quart d'heure après, l'église était pleine. Thomas avait même réussi à entraîner avec lui les six gendarmes, qui s'étaient ennuyés dans leurs pensions comme des rats morts et buvaient tristement chez la veuve Le Stum, sous prétexte que le curé fulminait contre eux et menaçait de se plaindre à leurs supérieurs. Au surplus, la veuve Le Stum fermait boutique ! Elle allait à la messe, elle, et ne laisserait pas chez elle des gens qu'elle ne connaissait pas ! Traînant leurs sabres d'un air morne, ils gagnèrent l'église et se cachèrent dans le fond de la nef, derrière un pilier.

M. Kerhervé remercia Thomas Gourvennec et le pria de diriger les enfants de chœur. La grand-messe commença… Dans son allocution, le recteur, qui mettait de l'eau dans son vin, ne fulmina aucunement. Il dit seulement qu'il s'était passé dans l'île des événements regrettables, mais qu'avec un peu de bonne volonté de part et d'autre on arrangerait la situation. Il ne doutait pas que les fidèles qu'il apercevait devant lui ne fussent, malgré leurs erreurs, demeurés de bons chrétiens…

— C'est ça ce que vous appelez dire aux gens leurs quatre vérités ! remarqua Thomas, dans la sacristie, lorsque la messe fut terminée.

L'autre éclata de rire. Il était heureux d'avoir franchi un mauvais pas, d'avoir parlé dans une église pleine. Sa mission commençait bien. Il n'avait pas laissé non plus, pendant la cérémonie, de regarder Thomas, qui servait la messe mieux que le bedeau de Lescoff.

— On n'attrape pas les mouches avec du vinaigre, répondit-il.

Le voyant dans ces dispositions, Thomas le pria de le laisser l'accompagner au presbytère, car il avait à lui parler. Le prêtre surenchérit : non seulement Thomas l'accompagnerait, mais il mangerait avec lui. On enverrait le sous-officier manger n'importe où, ce n'était pas une compagnie pour un prêtre qu'un sous-officier de gendarmerie.

Le recteur de Lescoff se fâcha tout rouge lorsqu'il sut l'abus que Thomas Gourvennec avait fait de sa parole et le travail de rapprochement que la messe avait opéré entre les deux hommes se trouva démoli. L'îlien tenait bon. Il s'accrochait à son interlocuteur selon sa méthode primitive, répétant cent fois la même phrase, envers et contre toutes les objections, installé une fois pour toutes dans sa vérité, désarçonnant seulement l'adversaire, de temps en temps, par une pointe imprévue. M. Kerhervé l'avait-il dit, ou ne l'avait-il pas dit, qu'on n'attrapait pas les mouches avec du vinaigre ? N'était-il pas clair comme de l'eau de roche que François était devenu fou, que son suicide avait uniquement pour cause une crise de folie ? Bien que la confession de Lisette l'eût documenté sur la vertu de François, Thomas ne sortait pas de là, et il affirmait sans cesse : « François était un honnête homme ! » M. Kerhervé déclarait-il le suicide l'arme des lâches : « François était un honnête homme ! » M. Kerhervé déclarait-il qu'il n'avait ni le droit ni l'envie d'accueillir un suicidé à l'église : « François était un honnête homme ! » M. Kerhervé alléguait-il l'Ancien et le Nouveau Testament : « François était un honnête homme ! » M. Kerhervé, même, se fâchait-il, et secouait-il Thomas par le bras et par l'épaule : « François était un honnête homme ! » Les deux Bretons semblaient aussi têtus l'un que l'autre, mais, au bout d'une heure, le prêtre céda. S'il accordait seulement qu'il visiterait la famille Guillerm, dans son for intérieur il abandonnait la résistance.

Il n'était dans l'île qu'un nouveau venu et n'y possédait pas sur les âmes, en dépit de sa fonction, les mêmes lumières que Thomas Gourvennec. Il se rappelait certains précédents d'indulgence qu'avait pris l'Église en différentes occasions, surtout avec des grands de ce monde, mais aussi avec des humbles. À l'endroit de ces sauvages, il ne fallait pas se départir de la sévérité. Ils réclamaient eux-mêmes qu'on les traitât sévèrement et méprisaient la mansuétude : un exemple d'indulgence, un seul, une seule fois, n'aurait-il pas sur eux une action extraordinaire ?

Chez les Guillerm, la visite du prêtre se produisit dans un excellent moment : une dizaine de femmes et d'hommes récitaient le *De Profundis,* tandis qu'une grand-mère maillotait un bébé, posé dans un lit clos. La mère Guillerm arrêta sa demande, et, jugeant à un clin d'œil de Thomas que la partie était gagnée, elle pria le recteur de la remplacer. Le prêtre ne fit pas la sourde oreille. Le bébé que maillotait la vieille pignousait doucement et, si l'on avait bâillonné le cadavre pour en cacher la terrible grimace, on lui avait mis entre les mains un crucifix et sur la gorge des images pieuses. Le prêtre, agenouillé, recommença le *De Profundis.* Quand il eut terminé, il se lança dans des oraisons latines plus savantes, pour sonder les gens, et il éprouva la bonne surprise de les entendre lui répondre.

Il hésitait toutefois à bénir le cadavre. Il y avait là un morceau de buis dans une coquille Saint-Jacques, pleine d'eau – de l'eau païenne, de l'eau qu'il eût volontiers jetée par terre. Il s'approcha, bénit l'eau et aspergea lentement le cadavre, que les hommes et les femmes aspergèrent à leur tour. Thomas se sentait quelque peu vexé : les siens se défiaient, son eau bénite ne leur avait donc pas suffi ! Décidée à piller le prêtre de ses grâces, la mère Guillerm lui tendait le bébé, lui présentait ses autres enfants qu'une voisine ramenait pour elle du dehors, et tous, le prêtre les bénissait. Cependant elle s'agenouillait et offrait de donner n'importe quoi pour que son homme, après sa mort, reposât en terre chrétienne. Il avait dû assez souffrir, le pauvre, pour en venir à se tuer de cette manière ! Le recteur, en effet, qualifiait le suicide de crime contre Dieu. Se tuer, c'était mille fois pis que de cracher sur la Croix ! François Guillerm avait forcément reçu un coup de folie ! « Un si honnête homme, sanglotait la mère Guillerm. Tout le monde vous le dira que c'était un si honnête homme ! le plus honnête homme de l'île ! après Thomas Gourvennec ! » Le prêtre la consola. Son homme recevrait l'absoute et serait enseveli en terre chrétienne. Il faudrait seulement que, pendant une année, toute la famille Guillerm, le soir, récite une dizaine de chapelet.

XI

En choisissant le recteur de Lescoff, l'évêque avait eu la main heureuse !

Par « ses bandits rouges », M. Kerhervé se trouvait à même de comprendre Sein et, bientôt, il regagna le continent. S'il emportait l'engagement de Thomas de ne plus célébrer la messe, il avait promis de calmer Monseigneur.

Il s'était produit des événements regrettables, mais les gens de l'île n'avaient péché que par bonté d'âme et par excès de religion. Toutes les femmes que le recteur avait consultées donnaient la même réponse : Thomas vivait chastement ! Le prêtre se souvenait de Scolastique, une jeune et belle îlienne, enceinte de trois mois, qui lui avait confié l'histoire de ses anciennes amours. Thomas dirigeait une paroisse, une île sur les confins du monde, cependant Thomas s'était abstenu de la femme. Il ne s'agissait pas d'un aventurier sans scrupules, mais d'un homme très honnête.

Le clergé du diocèse portait sa responsabilité dans l'affaire. Les îliens se jugeaient abandonnés, mis au ban des paroisses. Ils avaient nommé leur maître un des leurs et, puisque personne ne s'intéressait à leur détresse, pareils à des enfants oubliés de leurs familles, ils n'avaient compté que sur eux-mêmes, sur leur discipline et leur courage.

« *Et incarnatus est de Spiritu Sancto ex Maria Virgine* ET HOMO FACTUS EST. » Le recteur se rappellerait le cri vigoureux que poussaient les îliens au milieu de leur *Credo.* Ils applaudissaient à la naissance du Christ, ils frémissaient d'allégresse, et, comme si Dieu était né sur un récif voisin, à portée de l'église, ils lui lançaient leur braillement suave. Qu'ils eussent aimé se présenter à Dieu avec les Mages ! Un quatrième mage existait dans leurs rêves, un simple pêcheur, apte à suivre sur les collines désertiques les mêmes étoiles qui le guidaient sur les eaux. Ne pouvant rien offrir de rare, aucun parfum, aucun métal, il eût offert à Dieu les pauvres biens de son corps, sa fidélité, sa ruse et sa force. Mais, tandis que les autres n'offraient qu'une part de leurs biens, il avait tout apporté...

Des liens se nouèrent entre l'île et Quimper. L'évêque ne réussissait pas à découvrir un prêtre qui osât s'expatrier à demeure dans les bourrasques et les tempêtes, mais, de temps en temps, un recteur célébrait la messe et s'informait des besoins de la population.

Le mécontentement des îliens couvait. Ils n'avaient pas commis de crime en saluant Thomas pour leur recteur. Un enfant abandonné, un homme peut l'adopter ; un mouton égaré, un berger le recueillir dans son étable. Thomas avait recueilli une paroisse perdue. Il n'était pas prêtre avant de la recueillir, mais, en la recueillant et en la gardant, il était devenu prêtre. Le bien que nul ne réclame appartient à celui qui le trouve. Les gens de Quimper traitaient Sein comme une seconde ville d'Ys, une paroisse qui, d'un jour à l'autre, va s'engloutir et tristement carillonner sous les eaux. Thomas, au contraire, bénissait son récif et lui conseillait la résistance – les ouragans ne prévaudraient pas contre lui pourvu qu'il s'aidât lui-même !

Comme les prêtres lui signalaient qu'avant peu Thomas Gourvennec serait forcé par les îliens de s'installer recteur, l'évêque le fit mander à Quimper. Il le logerait gratuitement au séminaire, où, tout le temps voulu, Thomas étudierait. Sur l'exhortation des siens, le pêcheur accepta. Ce fut pour lui la période la plus dure de sa vie. Il ne mordait pas aux études. Il savait lire et écrire, il comprenait le latin de la messe – il n'en demandait et n'en pouvait pas plus. Constamment humilié par des échecs, persuadé qu'on lui imposait une épreuve dérisoire et que ces abstractions étaient moins que fumée, il s'ennuyait consciencieusement. Il regrettait son île et l'intensité de son climat. La verdure et les pluies ne lui rendaient pas les mille vents de l'espace. Il était beaucoup plus âgé que ses camarades et il les boudait, se méfiait d'eux. On placerait de grandes paroisses entre les mains de ces bambins ! Lui, il avait porté une paroisse, il connaissait déjà le métier. Il avait entendu des confessions, appelé Dieu sur l'autel, tendu l'hostie aux bouches avides. Il connaissait l'entêtement des vieillards, les folles passions des jeunes, les contraintes et les relâchements de la misère. Les crimes, les débauches, les dévouements, il les connaissait. Si un jeune homme venait lui dire qu'il avait coupé une femme en morceaux, il ne défaillerait pas ! Il y a plus de choses dans une île que n'en peuvent sentir, pour l'heure, ces blancs-becs.

Pendant que son Thomas suait dans les livres et se morfondait loin des tempêtes et de l'étincellement du soleil sur les goémons, l'île était fière. Elle tiendrait son prêtre. Sur le point essentiel de la vie, elle se passerait du continent. Elle ne faisait pas son pain, mais elle faisait son prêtre, comme elle faisait ses poissons. Il ne fallait jamais désespérer : l'évêque récompensait l'île, aujourd'hui, de la lutte qu'elle avait menée contre sa paresse. L'évêque honorait l'île. Il conviait un îlien à de longues études savantes et gratuites.

Lorsque Thomas, refusé à ses examens et déclaré incapable, retourna dans l'île, les gens se révoltèrent. Un guet-apens leur avait été tendu et par celui-là même qui devait le moins le leur tendre, l'évêque. Incapable, un homme qui parlait d'inspiration et qui commandait les siens à la baguette ! Allons donc ! Pendant quatre années, on leur avait retiré la bonne parole de Dieu, les bons sacrements, les bonnes messes ; ils acceptaient ce sacrifice qui marquait la fin de leurs peines, et, quand ils avaient montré toute l'étendue de leur humilité, au dernier moment, le contrat était rompu ! Thomas leur assurait que la science des livres le rebutait et qu'il avait été refusé à ses examens en stricte justice ; ils n'en croyaient rien et haussaient les épaules. Pour une fois, il était naïf ! Le jour même où il avait quitté l'île pour Quimper, la tricherie était faite ! l'échec de Thomas décidé ! Ce serait tellement simple de l'expliquer ensuite : ce pêcheur-là était trop vieux et trop ignorant, comment eût-il réussi à faire un prêtre ?

L'île s'estimait jouée et n'acceptait pas. Thomas, fatigué par ses quatre années de séminaire, au milieu des livres, dans une ville terrienne, suppliait les gens qu'on le laissât tranquille, mais sa propre famille, la première, l'empêchait de se reposer. Tout servait d'argument, les mauvaises comme les bonnes raisons. Il allait du moins s'établir au presbytère ! Il ne serait jamais plus qu'un pêcheur médiocre – pour ne pas redevenir recteur ! Il dirigeait fort bien la paroisse, il la dirigeait mieux encore ! L'évêque admettrait que Thomas célèbre la messe ! Il l'avait refusé à ses examens pour ne pas se déjuger, mais il savait bien ce qu'il en était, il n'attendait pas de Thomas la soumission !

L'île ne serait pas trahie par l'un des siens. Elle enleva d'assaut l'acquiescement de Thomas et, comme pendant la période heureuse où ce dernier avait rendu à l'île la grâce de Dieu et les cérémonies catholiques, il n'exista pas de jour assez déshérité qui n'eût sa messe, de vieillard assez malheureux qui ne pût se faire porter la communion. Plutôt qu'un récif ou un morceau de terre, l'île était une paroisse, et la mer, tout autour, c'était le verger paroissial.

L'évêque feignait d'ignorer les événements. Des prêtres, pour lui, procédaient de loin à une sorte d'enquête permanente.

Le recteur de Lescoff, un jour d'été, débarqua sur l'île. Monseigneur, après de nouvelles informations, changeait d'avis. Il ordonnerait Thomas à la première occasion, dans la cathédrale de Quimper ! Le recteur de Lescoff et le futur recteur de Sein tombèrent dans les bras l'un de l'autre et, le soir, quand les barques furent revenues de la pêche, la cloche de l'église sonna pour convier toute l'île à un *Te Deum*. Thomas n'avait pas encore été ordonné prêtre, mais, dans l'histoire, on n'en était pas à une irrégularité de plus ou de moins, et le recteur de Lescoff laissa le futur recteur de Sein diriger la cérémonie. Les îliens braillaient le *Te Deum* plus fort que jamais. À plusieurs reprises ils avaient cru, dans le passé, exalter Dieu aussi bruyamment que possible, aujourd'hui ils se découvraient dans la voix de nouvelles ressources.

… Le soleil se penchait vers l'horizon. L'île était silencieuse et calme. Des morceaux de poisson, sur les pierres, séchaient et jaunissaient.

NOTES

1. Henri Queffélec : *Un recteur de l'île de Sein*, Stock, 1944, 232 pp., 19 cm, rééditions Le Livre de poche, 1965 (les pages mentionnées pour les citations dans cette préface sont celles de cette dernière réédition), Bibliothèque du Temps Présent, 1971, 256 pp., 19 cm, Presses de la Cité, 1982, 180 pp., 23 cm, Christian de Bartillat (collection « Terres »), 1994, Stock, 1994 (édition du 50e anniversaire), Librio (n° 169), 1997, 154 pp., 21 cm, et dans *Les romans des îles*, Omnibus, 2005, pp. 7 à 122. Sans oublier la présente édition, que vous tenez dans les mains.

2. Le grand spécialiste de l'œuvre d'Henri Queffélec, William Smith, apporte un éclairage pertinent sur l'« unanimisme queffélécien », qui pour lui est très différent dans son essence des conceptions de Jules Romains. Voir William B. Smith : « Henri Queffélec : La foi d'un homme », *Cahiers Henri Queffélec*, n° 3, 1995, pp. 35 à 61. Voir aussi *The sea novels of Henri Queffélec*, literary dissertation (mémoire de maîtrise), Université de Durham, Royaume-Uni, 1974, et *Le catholicisme dans l'œuvre de Henri Queffélec*, thèse de lettres, Lille, 1978, 312 pp., 30 cm.

3. *L'Île nue* fut réalisé en 1960 par Kaneto Shindo. Une humble famille vit, solitaire, sur une île de la mer intérieure du Japon. La terre y est ingrate, désolée et surtout

complètement dépourvue d'eau. Chaque jour, à la saison sèche et à tour de rôle, le père et la mère sont obligés de se rendre en barque sur le continent pour remplir des seaux ; puis, avec précaution, sans un mot, ils les hissent au sommet de leur île. Chaque goutte d'eau compte. Chaque effort est mesuré. Un jour, un de leurs deux fils tombe malade et meurt. La mère, jusque-là silencieuse et résignée, hurle de désespoir en arrachant les maigres plantes qu'ils ont fait pousser si difficilement. Mais, avec le temps, la vie, aussi dure soit-elle, reprend ses droits. Ce film sans dialogue reçut le grand prix au festival de Moscou en 1961. Son réalisateur (né à Hiroshima en 1912, mort centenaire à Tokyo en 2012) avait été auparavant l'assistant du grand cinéaste japonais Kenji Mizoguchi. Le film est disponible en DVD chez Wild Side depuis 2004.

4. Postface à la réédition d'*Un recteur de l'île de Sein*, Presses de la Cité, 1982, p. 173.

5. Henri Queffélec, cité par Yves La Prairie : *Henri Queffélec*, Glénat, Grenoble, 1994, p. 83

6. Des éléments de biographie sur ce personnage important pour l'histoire religieuse bretonne peuvent être trouvés dans Le Grand (frère Albert) : *La vie des saints de la Bretagne armorique*, 1636, réédition J. Salaun, Quimper, 1901, 2 vol. (voir « Catalogue chronologique et historique », tome II, p. 147), René Kerviler : *Répertoire général de bio-bibliographie bretonne*, 1886-1905, 15 vol., inachevé, réédition complète à l'aide des notes laissées par l'auteur, 1986, 12 vol. (voir tome X, p. 463), Henri Waquet : *Mémoires du chanoine Jean Moreau sur les guerres de la Ligue en Bretagne*, 1960 (voir note 29, p. 16) et l'*Ordo* du diocèse de Quimper et Léon, 1996 (voir « Catalogue des évêques de Quimper », p. 38). Charles du Liscouët était le fils de Pierre du Liscouët, seigneur de Kergoleau et de Coëtnempren, et de Béatrice Barbier, de la maison de Kerjan. Il avait fait ses études de

théologie à Paris, chez les jésuites du collège de Clermont. Il fut nommé évêque de Cornouaille le 15 novembre 1582. Dès 1584, à la suite d'un voyage à Rome et sur la suggestion du pape Grégoire XIII, à qui il avait soumis un cas de conscience le concernant, il forma le projet, qui ne put se réaliser qu'en 1621, d'établir à Quimper un collège de la compagnie. Assez hésitant après la révolte de Mercœur, il se rallia néanmoins à lui et présida les États de la Ligue à Nantes en mars-avril 1591 ; il y reçut les serments par lesquels les députés s'engageaient à observer comme loi fondamentale du royaume l'édit d'Union juré aux États-Généraux de Blois. Dans une lettre adressée à Philippe II d'Espagne, il allait jusqu'à comparer celui-ci à Atlas et à célébrer la magnanimité de Mercœur. Mais après la prise de Quimper par le seigneur maréchal d'Aumont, il se soumit à Henri IV à la fin de 1594 et présida l'ordre du clergé aux États royalistes qui s'ouvrirent à Rennes le 23 janvier 1595. Il mourut le 14 mars 1614. Le chanoine Jean Moreau parle de lui à plusieurs reprises et sans beaucoup de faveur. Son prédécesseur, démissionnaire en 1592, François de la Tour, originaire de Plougonven, nommé en 1573, transféré à Tréguier en 1583, démissionnaire encore peu avant 1589, décédé le 11 août 1590, avait relativement peu résidé à Quimper.

7. On relève les cas de M. Vincent s'installant vers la même époque à Châtillon-sur-Chalaronne (il est amusant de rappeler pour l'anecdote que saint Vincent de Paul était exactement le contemporain de François Guilcher, et que Pierre Fresnay interpréta les deux rôles au cinéma à trois ans d'intervalle !), ou au XIXe siècle de Jean-Marie Vianney acceptant aussi une paroisse dans un pauvre village des marécages de la Dombes (*« la Sibérie »*, murmuraient ses confrères). Henri Queffélec consacra à ce dernier en 1959 une hagiographie intitulée *Ce petit curé d'Ars*. Au siècle des Lumières, de tels lieux attiraient parfois des

curés-philosophes soucieux de travailler au calme : enfermé dans sa cure champenoise d'Etrépagny, Jean Meslier, athée et « communiste », rédigera ses cahiers en paix.

8. Hippolyte Violeau : *Amice du Guermeur, étude morale et historique* (première moitié du XVIIe siècle), Sagnier et Bray, 1853, 360 pp.; pour une étude précise des antécédents littéraires du roman d'Henri Queffélec, voir Jean-André Le Gall : « *Un recteur de l'île de Sein* (1944) : Henri Queffélec et quelques-uns de ses précurseurs bretons », pp. 79 à 86, *in* Éric Auphan et Marie-Josette Le Han : *Henri Queffélec, un Breton écrivain*, Actes du colloque international de Brest (17, 18 et 19 juin 2010), C.E.C.J.I. (Centre d'Etude des Correspondances et Journaux Intimes des XIXe et XXe siècles) / A.A.H.Q. (Association des Amis d'Henri Queffélec), U.B.O., Brest, 2012, 304 pp., 21 cm

9. *La Mouette et la Croix*, Cercle du Nouveau Livre, 1969, réédition augmentée d'un dossier de 30 pp. (les passages cités se trouvent pp. 4 et 5).

10. Le dernier recteur, M. Pennanéach, est retourné sur le continent après avoir accompli dix années de « mission » à Sein. Envoyé dans l'île par son évêque pour expier quelque faute, il ne s'imaginait pas à son arrivée que l'apostolat insulaire fût aussi difficile. Il lui a fallu lutter contre les éléments naturels (« *Autre chose était de lire* Le Petit Carême *de Monsieur de Meaux, au séminaire, dans la lumière d'une chandelle qui vacille sous le souffle, autre chose est de le lire dans l'île, par une journée de bourrasques et d'averses* » [p. 29]), contre la tentation du paganisme (« *Les îliens, pendant les nuits de tempête, se figurent que les âmes des noyés pleurent dans le Raz, qu'elles voltigent au-dessus de la mer, qu'elles plongent sur le rivage et heurtent aux fenêtres. "Superstitio magna". Mais le prêtre avoue qu'il a parfois donné dans cette erreur* » [p. 29]), contre les pratiques des naufrageurs,

peu compatibles avec la charité chrétienne (*« Si le curé s'associait avec ses ouailles pour le pillage des navires, il serait le chef de l'île »* [p. 30]), contre la force d'une communauté silencieuse et soudée quand l'avenir de l'île est en jeu (*« Si l'on demande aux pêcheurs d'où ils connaissent l'histoire de l'épave, ils crachent et se dérobent derrière des mots. Le prêtre ne les soupçonne pas de mensonge. Ils détiennent une science effrayante et lui, pauvre terrien, il ne lutte pas contre eux »* [p. 28]). Il estime donc « avoir fait son temps » (*« Bien qu'il eût commis péché mortel et que son évêque eût dessein de l'en punir, on ne l'obligeait pas à recueillir un troupeau qui n'avait jamais réussi aux flibustiers ni aux pasteurs de la foi depuis quinze ans »* [p. 30]), et envisage sans amertume son retour dans le monde civilisé (*« Mais que l'île fût chrétienne en intention et en acte, tout à coup cela ne lui importait plus autant... Il allait partir... »* [p. 31]).

11. *« Empêtré dans la vie générale de l'île, constamment obligé de mener la paroisse tambour battant, de lui prêcher des consignes, Thomas Gourvennec se sentait le besoin de provoquer la grâce de Dieu. L'heure n'était plus aux demi-mesures. Il fallait faire tomber sur l'île la grâce de Dieu. Depuis une année, les gens vivaient comme des païens ! Personne, depuis une année, n'avait reçu l'hostie dans la bouche ! Quoi d'étonnant si les malheurs dégringolaient sur l'île ! »* (p. 173).

12. *« Thomas ne résista plus. Un matin, sans avertir personne d'autre que son frère Pierre, qui lui servit d'enfant de chœur, et une vieille, qui fit les hosties, il célébra sa première messe »* (p. 173). *« L'île assistait à la messe ! Dans quelques instants ce serait l'Élévation, et, tandis que les pleurs des enfants monteraient dans le silence, Thomas, prosterné sur l'autel, appellerait Dieu ! Il lui demanderait de se changer en pain ! Dieu, qui s'était fait homme, n'aurait pas honte*

de cette supplique, ni de l'église où on l'appelle, misérable, lointaine, l'église d'un pays de sauvages, d'une île perdue ! Puis ce serait la communion » (p. 175).

13. *« L'après-midi, des femmes se présentèrent à la cure pour obtenir d'être confessées et, comme il en venait toujours, Thomas se transporta dans l'église. Le confessionnal sentait la poussière, et le prêtre et les pénitentes éternuaient sans cesse. Thomas s'ennuyait. Il apprenait de sinistres histoires, mais d'abord de petits événements mesquins et, bien que tout cela lui permît de connaître l'île mieux que personne, il se découvrait blasé là-dessus. Il expédiait les confessions. Si la femme se lançait dans les peccadilles, il l'interrompait : avait-elle commis une faute grave ? Vers le soir, des hommes apparurent dans l'église et, avec eux, s'excitait la curiosité de Thomas. Sans abuser des facilités que lui conférait son rôle, il se renseignait sur les jalousies de pêcheur à pêcheur et il élucidait de vieilles énigmes, il rencontrait des catastrophes insoupçonnées. Quand il eut confessé le dernier homme et fermé l'église, il éprouva le besoin, dans le crépuscule tiède où criaient des enfants, de marcher un peu. Il était content de lui. Il avait nettoyé l'île. Il avait débarrassé les uns et les autres de leurs saletés, de leurs boues, de leurs vases. Le calme de l'heure était à l'image de ces âmes rassérénées, à nouveau transparentes »* (p. 174).

14. *« Thomas disait la messe comme n'importe quel prêtre... »* (p. 176).

15. La mention de ce cimetière dans le livre est anachronique, puisqu'il ne date que de 1849. Situé sur la route du phare, proche de l'endroit où a été élevé le monument aux Sénans Libres, il servait à inhumer les cholériques, tuberculeux, varioliques et autres victimes d'épidémies. Avec les progrès rapides de la médecine dans la première moitié du XXe siècle, il perdit peu à peu sa raison d'être et fut définitivement désaffecté dans les années 1950.

16. *« La haine contre Thomas Gourvennec perdait elle-même de sa force. Il ne lui échappait pas que le fils Le Berre avait jeté sa mère à l'eau dans le raz de Sein et que Thomas, après l'avoir absous, s'était occupé d'étouffer l'histoire. En toute sincérité, il approuvait, il admirait cette conduite. Thomas agissait en vrai sauvage, en vrai pêcheur, et se moquait bien des petits arrangements qu'eussent pris d'autres hommes »* (p. 181).

17. *« Même si, pour un gaillard de l'île, François n'avait pas eu à montrer un courage extraordinaire en se jetant à l'eau, il avait du moins montré de la bonté. Il avait quelque chose dans le cœur. Ce n'était pas un chien sauvage... »* (p. 188).

18. *« Les pêcheurs étrangers comprenaient mal que les îliens, dirigés par un faux prêtre, eussent l'air si naturel, et ils soupçonnaient ce naturel d'être feint. Ces gens-là se reprochaient des crimes ! Ces gens-là préparaient la mauvaise saison ! Dès que les tempêtes recommenceraient, on les verrait encore, les lumières, courir sur l'île ! Ils avaient placé l'un des leurs au presbytère et ils ne craindraient plus ni Dieu ni diable ! L'autre absoudrait toujours. Cela se passerait entre gens du même bord... Peut-être, même, les expéditions seraient-elles décidées au presbytère. Ce gaillard-là, sous ses dehors d'honnête homme, il y avait fort à parier que c'était un suppôt du diable. L'île sentait le roussi »* (p. 179).

19. Henri Queffélec parle de la coiffe noire des veuves (la « *jibilinenn* »), qui n'apparaît dans l'île qu'au moment de l'épidémie de choléra de 1886, et des « Causeurs » devant l'église (or, l'église actuelle qui se trouve à côté des deux menhirs ne date que du début du siècle ; auparavant, l'église était située à l'emplacement de la mairie actuelle, attenante au presbytère).

20. Voir Henri Queffélec : *Tempête sur Douarnenez*, Mercure de France, 1951, rééditions Gallimard, Folio, 1973,

384 pp., 18 cm, et dans *Histoires de marins*, Omnibus, 2006, pp. 255 à 488

21. Voir Henri Queffélec : *Ils étaient six marins de Groix... et la tempête*, Presses de la Cité, 1979, 248 pp., 24 cm, rééditions dans *Romans de mer*, Christian de Bartillat (collection « Terres »), 1992, et dans *Les romans des îles*, Omnibus, 2005, pp. 689 à 884

22. Voir Henri Queffélec : *Tempête sur la ville d'Ys*, Presses de la Cité, 1962

23. Pour reprendre le titre d'un chapitre de *Notre-Dame de Paris* de Victor Hugo. Il est intéressant de noter que les deux romans ont été portés à l'écran par Jean Delannoy à six années d'intervalle.

24. Pour des éléments de comparaison entre ces deux romans, voir Dominique Millet-Gérard : « Nature et culture dans *Un recteur de l'île de Sein* (1944) », pp. 145 à 162, et Sabine Badré : « *La Mouette et la Croix* (1969). Les vagues de la Révolution », pp. 257 à 266, in Éric Auphan et Marie-Josette Le Han : *op. cit.*, ainsi que Éric Auphan : préface de *La Mouette et la Croix*, 1969, réédition Éditions des Régionalismes, Cressé, 2013, pp. 5 à 11.

25. Jean Delannoy est né en 1908 et mort centenaire en 2008. Ses films les plus célèbres sont *Pontcarral colonel d'Empire* (1942), *L'Éternel retour* (1943), *La Symphonie pastorale* (1946), *Les jeux sont faits* (1947), *Dieu a besoin des hommes* (1950), *Chiens perdus sans collier* (1955), *Notre-Dame de Paris* (1956), *Maigret tend un piège* (1957), *Maigret et l'affaire Saint-Fiacre* (1959) et *La Princesse de Clèves* (1961). Pour plus de renseignements sur ce réalisateur majeur, voir Tulard (Jean) : *Dictionnaire du cinéma : Les réalisateurs*, Robert Laffont, Bouquins, 1995, pp. 237 et 238.

26. Jean Delannoy : *Dieu a besoin des hommes*, 1950. Les habitants de l'île de Sein, lieu déshérité et sauvage

au large du Finistère, voient partir leur curé, accablé par les forfaits de ses ouailles, naufrageurs et pilleurs d'épaves. Thomas Gourvennec, simple pêcheur faisant fonction de sacristain, se sent soudain une vocation religieuse. Il cède à la volonté unanime de ses concitoyens de remplacer le curé défaillant. Conscient de sa mission sacerdotale, Thomas décide de rompre avec sa fiancée, Scholastique, et accepte d'entendre sa belle-sœur en confession et même de lui donner l'absolution. C'est l'escalade. Les îliens demandent à Thomas de célébrer la messe. Joseph Le Berre, qui a tué sa mère folle, voudrait à son tour l'absolution du prêtre improvisé. Heureusement, Thomas refuse. Il sauvera son âme in extremis en acceptant de se soumettre à un vrai prêtre, l'abbé Kerhervé, venu du continent accompagné par un détachement de gendarmes, chargés de remettre de l'ordre dans la paroisse. Pris de panique, Joseph Le Berre se pend. L'abbé Kerhervé refuse de l'enterrer religieusement. Thomas décide alors, avec l'approbation de tous les îliens, d'aller immerger son corps au large de l'île. Ensuite, pour se faire pardonner, tous se rendront à l'église pour assister à la Messe de l'abbé Kerhervé. Pour Herry Caouissin, qui a réglé plusieurs scènes du film, le sujet est *« hardi, audacieux sur le plan religieux, mais aussi violent, car la foi y est brandie comme une hache de silex »* (Herry Caouissin) : « La Bretagne et le cinéma III », revue « Bretagne magazine », n° 8, juillet 1966, p. 14). Le film n'est pas disponible en DVD. Il est sorti en VHS chez Avenir Pyrénées à Lourdes en 1994 (pour le 50e anniversaire du roman). Cette cassette est aujourd'hui épuisée, en vente seulement auprès de l'Association des Amis d'Henri Queffélec.

27. Madeleine Robinson interprète le rôle de Jeanne Gourvennec, l'épouse de son frère Pierre. Elle avait à l'époque 33 ans. C'était déjà une actrice confirmée, depuis *Lumière d'été* de Jean Grémillon (1942), *Douce* de Claude

Autant-Lara (1943) et *Une si jolie petite plage* d'Yves Allégret (1948).

28. Certes, le scénario comporte bien un pêcheur nommé François Guiller (interprété par Daniel Ivernel). Mais ce dernier n'occupe qu'une place de second plan. En revanche, Daniel Gélin, interprétant le rôle de Joseph Le Berre, joue un personnage capital. Jean Aurenche et Pierre Bost ont mélangé les histoires de François Guillerm et de René Le Berre pour créer la figure de Joseph : un jeune îlien sauvage qui, croyant sa mère possédée du démon, n'hésite pas à la tuer, puis se pend. Daniel Gélin avait à l'époque 28 ans. Il venait d'être révélé au grand public par *Rendez-vous de juillet* de Jacques Becker (1949).

29. Le personnage de Lisette Le Bihan a disparu. Andrée Clément (31 ans) est Scholastique Kernéis. Jean Brochard (56 ans) est l'abbé Kerhervé. Sylvie (66 ans) est la « karabassen », c'est-à-dire la bonne du curé. Antoine Balpêtré (51 ans) est le père Gourvennec, bien qu'il soit dans la réalité plus jeune que Pierre Fresnay ! Pour plus de renseignements sur la distribution, voir Jean-Pierre Berthomé et Gaël Naizet : *Bretagne et cinéma*, avec une postface de Claude Chabrol, Apogée-Cinémathèque de Bretagne, Rennes-Brest, 1995, p. 88, Gérard-Louis Gautier : *Dictionnaire cinématographique de Bretagne*, avec une préface de Pierre Tchernia, Tétragram, Rennes, 1995, p. 132, et Musée de l'Affiche en Bretagne / Skritellaoueg Breizh : *Bretagne et cinéma / Breizh hag ar sinema*, catalogue bilingue français-breton de l'exposition de l'été 1995, Manoir de Ker-Gwenolé, Locronan, 1995.

30. Pierre Fresnay avait à l'époque 52 ans. C'était une véritable « star » du cinéma français, après ses rôles dans *Marius* d'Alexandre Korda (1931), *La Grande Illusion* de Jean Renoir (1937), *La Charrette fantôme* de Julien Duvivier (1939), *Les Inconnus dans la maison* d'Henri Decoin (1941),

L'assassin habite au 21 d'Henri-Georges Clouzot (1942), *La Main du diable* de Maurice Tourneur (1942), *Le Corbeau* d'Henri-Georges Clouzot (1943) et *Monsieur Vincent* de Maurice Cloche (1947).

31. Le film fut en effet aussi mal accueilli par les Sénans que le roman de Savignon *Filles de la pluie* l'avait été par les Ouessantins (et surtout par les Ouessantines !). Particulièrement critiquées furent certaines séquences montrant le déroulement d'une quête burlesque dans l'église ou donnant une vision caricaturale des Îliennes représentées comme une horde de chipies. Le grand quotidien régional *Ouest France* (de Paul Hutin-Desgrées et François Desgrées du Lou), très proche des milieux ecclésiastiques, émit un avis très mitigé. Pierre Cressard, auteur du *Paradis tranquille des petites îles de l'Atlantique et de la Manche*, 1952, et journaliste à *Ouest France*, regrettait que l'on eût *« ergoté sur des questions théologiques »*..., ce qui est méconnaître que, depuis le début du christianisme et surtout depuis le Moyen Âge, les questions théologiques sont faites pour donner matière à controverse. Mais dans le contexte de chrétienté de la Bretagne des années 1950, les discussions d'ordre religieux étaient mal considérées. On y voyait un signe de distanciation par rapport aux réalités de la foi, une tendance au libre examen. C'était l'époque où Pie XII régnait à Rome et le M.R.P. à Paris. Le père de Lubac et les autres théologiens étaient réduits au silence. Aussi préférait-on éluder les débats de fond, auxquels l'Église catholique ne devait pourtant pas échapper par la suite. Nul dans ces milieux ne pouvait cependant s'aviser d'adresser des critiques à l'œuvre d'Henri Queffélec ni de mettre en cause son orthodoxie. Il était connu comme un chrétien fervent et était titulaire de diplômes prestigieux.

32. Mathilde Valverde, in Jean-Pierre Berthomé et Gaël Naizet : *op. cit.*, p. 89.

33. Jean-Pierre Berthomé, in Jean-Pierre Berthomé et Gaël Naizet : *op. cit.*, p. 18.

34. Le film de Charles Brabant (1958) est l'adaptation du roman de Gwenn-Aël Bolloré *Moïra la naufrageuse* (1958), dont l'action est située dans l'archipel des Glénan.

35. Le téléfilm de Marcel Cravenne (1979) est l'adaptation du roman de Maurice Leblanc (1920), dont l'action est située dans l'île aux Moutons, entre les Glénan et le continent.

36. Le téléfilm de Michelle Porte (1995) est l'adaptation du roman d'Anatole Le Braz (1900), dont l'action est située dans le Raz de Sein.

37. Voir Éric Auphan : « Histoire d'un film : D'*Un recteur de l'île de Sein* à *Dieu a besoin des hommes* », *Cahiers Henri Queffélec*, n° 2, 1994, pp. 31 à 51.

38. Voir Éric Auphan : « *Dieu a besoin des hommes*, de Jean Delannoy (1950), 1re partie. Analyse de séquences filmiques », revue « Historiens et Géographes », n° 411, juillet 2010, pp. 145 à 148, et « *Dieu a besoin des hommes*, de Jean Delannoy (1950), 2e partie. Analyse de séquences filmiques », revue « Historiens et Géographes », n° 412, octobre 2010, pp. 31 à 35.

39. On peut trouver des éléments biographiques sur le recteur Guillerm dans les *« extraits de l'homélie de M. le chanoine Paul Corre aux obsèques de M. Guillerm, à Landivisiau, le 16 mars 1976 », Ordo* du diocèse de Quimper et Léon, 1976, pp. 148 et 149. Né à Landivisiau le 20 septembre 1888, Jean-Louis Guillerm fit des études d'abord au Petit Séminaire de Keroulas, à Saint-Pol-de-Léon, puis au Grand Séminaire de Pont-Croix. Ordonné prêtre le 23 juillet 1914, il est aussitôt mobilisé, mais bientôt réformé pour raison de santé. Pendant toute la Première Guerre mondiale, il assure une suppléance à l'école libre de Ploumoguer, au doyenné de Saint-Renan. Mais il va ensuite

passer du nord au sud du département du Finistère. Ce Léonard de souche est nommé en mai 1919 vicaire à Notre-Dame de Quimperlé, puis en août 1923 vicaire à Riec-sur-Bélon. En septembre 1937 débute son apostolat à Sein : il conduira la paroisse dans la tourmente. Pour services rendus à la patrie, de Gaulle lui enverra personnellement le 1er août 1946 une photographie avec cette dédicace écrite de sa main : *« À Monsieur l'abbé Guillerm, recteur de l'île de Sein pendant la pire des guerres et qui sut n'entendre et ne faire entendre que la voix du devoir au service de la France. »* Il obtiendra la rosette de chevalier de la Légion d'honneur en 1959. En poste à Plogoff à partir de février 1944 (où il avait été déplacé à la suite de pressions des autorités allemandes et vichystes sur l'évêché), il fut nommé chanoine honoraire en 1952. Il prit sa retraite en janvier 1957 et se retira à Landivisiau où il mourut le 14 mars 1976, dans sa 88e année.

40. Dans le granit du porche de l'église sont gravés ces quelques mots en latin : *« Stat virtute Dei et sudore plebis »* (*« Élevée par la grâce de Dieu et à la sueur du peuple »*). À l'intérieur, au bas de la nef, une inscription précise : *« Cette église a été élevée à l'aide des offrandes des braves gens et le travail des paroissiens ; les garçons ont extrait la pierre du rivage et les filles l'ont portée sur leurs têtes jusqu'ici. C'est pourquoi ceci sera vrai en tout temps : toute pierre, tout grain de sable qui est dans ces murailles-ci a été placé par les chrétiens de la paroisse. Le 5 mars 1901, elle a été fondée ; le 8 juillet 1902, elle a été consacrée par Mgr Dubillard, évêque de Quimper et Léon* (François-Virgile Dubillard exerça son ministère apostolique de 1900 à 1908 ; il mourut en 1914 comme archevêque de Chambéry)… *Que reste toujours solide notre église sainte, que reste ferme la foi dans le cœur des îliens, par la grâce du Seigneur Dieu et la protection de notre patron Saint Guénolé ! »*

41. Éric Auphan est professeur d'Histoire en classes préparatoires littéraires au lycée de Kerichen à Brest. Il est diplômé de Sciences-Po Paris, agrégé de l'Université et docteur en Histoire. Sa thèse (publiée en 1998) portait sur *Les îles de la mer d'Ouest : Approche historique des sociétés insulaires de l'Armor d'après le témoignage de la littérature régionale*. Il participe au salon d'Ouessant depuis sa création en 1999 et a co-dirigé les trois volumes de la *Bibliographie des îles de Bretagne* parus en 2000, 2001 et 2002. Il est également président de l'Association des amis d'Henri Queffélec. À ce titre, il a coorganisé les deux colloques internationaux consacrés à l'écrivain brestois en 1999 et 2010. Enfin, il s'intéresse depuis longtemps à l'analyse filmique et est responsable de la rubrique « cinéma » dans la revue « Historiens et Géographes » depuis 2004.

Cet ouvrage a été composé et mis en page
par PCA, 44400 Rezé

Imprimé en France par CPI
en janvier 2022
N° d'impression : 2062429

Pocket – 92 avenue de France, 75013 PARIS

Suite du premier tirage : janvier 2022
S28671/04